# L'Interne

# Tome 2 :

# Deuxième Année

Emily Chain

# L'INTERNE

Tome 2 :

# DEUXIÈME ANNÉE

## Emily Chain

www.soromance.com

# PROLOGUE

— Oui, je le veux.

La réponse de James est vive, rapide et forte.

*Aucun doute, il veut m'épouser.*

Ma bouche s'entrouvre.

J'inspire et le fil des derniers événements défile devant moi.

Notre vie heureuse à Newark, notre déménagement sur la côte ouest.

Mon incapacité à me faire des amis, jusqu'à ma rencontre avec Tara, ici, à Los Angeles. Nos premières sorties entre copines, préparant secrètement mon mariage tandis que James travaillait d'arrache-pied pour nous offrir un appartement luxueux et la vie qui va avec.

Mon désir d'enfants à chaque passage devant une boutique de jeu ou de peluches. Les mots réconfortants de Tara quand je doutais qu'un jour, je pourrai avoir la famille dont je rêvais avec les horaires trop contraignants de mon futur époux.

L'annonce qui m'a bouleversée, il y a déjà plus d'un an.

Tout cela est passé si vite quand j'ai repris mes études, au départ contre l'avis de James. Avant de recevoir de sa part un soutien infaillible et grâce à lui, une place de choix dans l'hôpital que tous les internes convoitent aux alentours de Los Angeles.

J'ai réussi malgré les à priori à me faire des amis, comme Nina qui est présente dans l'assemblée aujourd'hui. Seule, sans son soi-disant cavalier, absent.

Ce dernier n'étant autre que Dean. Le responsable de ce bazar immense dans mon esprit et cette hésitation qui se crée, avant de dire normalement « oui » à l'homme que j'aime.

Une seule année à l'avoir pour titulaire et me voilà en train de remettre des années de vie de couple en question.

Mon silence devient pesant et je sais que c'est le moment.

Je dois prendre mon courage à deux mains et répondre avec le cœur, quoi qu'il advienne.

# PARTIE 1

# Chapitre 1

**JULIA**
**Los Angeles — Août 2020**

Le réveil flambant neuf, qui trône sur la table de chevet récemment installée, indique 8 h 2. La sonnerie criarde de mon portable me tire d'un sommeil profond. Quelques rayons du soleil taquinent ma peau légèrement bronzée quand ma boite de messagerie se fait entendre.

L'air tendu que dégage l'enregistrement datant de plusieurs mois en arrière me fait un drôle d'effet, comme si je revoyais une vieille scène en noir et blanc :

*C'est bien le numéro de Julia, rappelez-moi plus tard ou laissez un message...*

Le bip s'enclenche bruyamment, laissant l'interlocuteur choisir.

*Ju' c'est Tara, j'aurais aimé qu'on se voie à ton retour. 15 jours sans nouvelle... C'est long ! Non ce n'est pas un reproche, simplement, tu me manques. Rappelle-moi.*

Je pousse un soupir en me retournant sur le côté. Mon mouvement entraîne, malgré moi, la couette en plumes d'oie encore imprégnée d'une odeur de neuf, elle glisse sur ma peau pour venir s'échouer sur le sol.

Je grommelle un moment avant de me redresser, découverte et définitivement réveillée.

Des frissons parcourent ma peau nue que j'observe en rougissant. Les souvenirs des nuits précédentes me reviennent à l'esprit. Mon cœur s'enflamme instantanément tandis que les images défilent devant moi.

Mes lèvres charnues rentrent en contact de ma langue. Les petites stries qui les parsèment sont un après-goût des derniers jours, dernières nuits.

Le contact de sa peau, ses baisers si doux, pour devenir par la suite passionnés et langoureux.

Je ne l'aurais jamais cru capable d'une telle bienveillance mêlée à une fougue presque animale. Je vois dans ses yeux une intensité que je n'ai jamais vue auparavant.

Au contact de sa peau, je brûle de passion. Le monde arrête de tourner pour ne vibrer que sous ses mains.

La plus belle partie reste l'effet que je lui procure. Au début, j'ai été surprise de voir à quel point mon corps ne lui était pas indifférent. La nuisette nacrée achetée rapidement à l'aéroport a fait son effet dès la première nuit. Nous en avons oublié le restaurant et le petit-déjeuner suivant.

Nos échanges sont un mélange de fougue et de sérénité.

Mon corps et mon cœur s'enflamment à la moindre de ses caresses. Sa langue réveille une chaleur endormie jusqu'à me perdre dans ses bras musclés.

Quinze jours qu'à chacun de mes réveils, je me languis de le voir franchir la porte de la chambre pour m'apporter un petit-déjeuner avant de réitérer passionnément notre activité nocturne.

Ce matin, le soleil encore bas m'apprend qu'il doit courir sur la plage, comme il en a pris l'habitude depuis notre retour.

Sept jours au soleil pour s'éloigner du monde. Survivre aux derniers mois, aux dernières révélations…

Une paix que ni l'un ni l'autre n'a eu le courage de briser en reprenant contact avec le quotidien.

Tara en première ligne pour moi.

Depuis le mariage, elle me harcèle de messages, s'inquiétant de ne plus avoir de mes nouvelles. Je ne peux pas la blâmer, mais je ne me résigne pas à sortir de ce cocon d'amour que nous avons créé.

Après quelques soupirs hésitants, je me décide à lui répondre par un rapide SMS.

**Julia** : *Coucou ma puce. Je viens de rentrer à l'instant. Tu connais les retours, valises... Bref, je n'ai pas une minute à moi.*

Je me mords la lèvre face à ce mensonge flagrant. Je ne pense qu'à moi depuis deux semaines. Et elle le sait très bien. Je secoue la tête, souhaitant mieux terminer mon message, légèrement mensonger.

**Julia** : *On pourrait boire un verre pas trop loin d'où je dors. Disons vers 14 h ? J'ai vu une jolie devanture d'un restaurant indien, ça te dit ?*

J'appuie sur envoyer et la réponse de mon amie ne se fait pas attendre. Je n'ai pas encore verrouillé l'écran que j'y lis :

**Tara** : *Super, donne-moi l'adresse !*

Son empressement me terrifie autant qu'il me touche. Elle n'a pas l'intention d'écouter une conversation météorologique sur mon petit voyage. Elle compte me cuisiner sévèrement. Je déglutis en lui envoyant l'adresse dudit restaurant.

Une fois cette tâche faite, je lâche le petit appareil sur la commode en teck de la chambre pour rejoindre la douce et enveloppante chaleur de la douche à l'italienne. La salle d'eau est un rêve éveillé et je me délecte de chaque finition, espérant retrouver un tel appartement dans les semaines à venir.

Habiter à l'hôtel aura été sympa un temps. Mais j'ai besoin de retrouver des habitudes qu'on ne peut avoir que chez soi.

Je revois le loft près de la mer. Un vent de nostalgie souffle sur moi, avant de me reprendre.

— C'est la meilleure solution pour tout le monde, me répété-je tout haut.

Je fixe mon reflet dans le miroir, lançant un clin d'œil grossier à cette femme resplendissante que j'aperçois. Mon teint est aussi joli que la lueur qui plane dans mes yeux.

— Allez ma grande ! Faut sortir dans le grand monde et assumer !

Je me crie quasiment dessus tandis que j'active l'eau.

Les premiers jets sont froids et je m'en éloigne, toujours face au miroir. C'est ma mère qui m'a appris à prendre confiance en moi, en affrontant le regard le plus dur qu'on peut recevoir, le sien.

Force est de constater qu'elle avait raison. Je n'ai jamais reçu de pires critiques que de moi-même. Les plus virulentes et blessantes ne sont venues que de moi. Et cette manie de me rabaisser chaque jour face à l'allure des avocates qui tournent autour de James, des infirmières, médecins et chirurgiennes de l'hôpital. De Tara…

L'idée de m'être rendue malade pour des comparaisons qui n'avaient pas lieu d'exister me révulse aujourd'hui. Déterminée à ne plus me dévaloriser sans raison légitime, je rentre sous le filet d'eau chaude.

La chaleur qui m'embaume m'aide à oublier le reste du monde.

Je ressens chaque centimètre de ma peau. Mon pouce passe le long de mon bras, de mon ventre, de mes cuisses. Je frémis sous mes doigts sans rien tenter d'autre.

Il aimerait que je réussisse à prendre du plaisir seule.

Je rougis. Rien que l'idée de le faire m'intimide. Pourtant, j'en meurs d'envie, simplement pour me prouver que j'en suis capable. Je tâtonne ce corps inconnu de mes mains.

En presque trente ans d'existence, je n'ai rien appris de moi. J'ai dû comprendre comment fonctionnait le corps des hommes, sans penser un instant au mien.

*C'est à eux d'y penser,* m'étais-je dit, lors de ma première relation. *Si tu n'aimes pas, cela doit venir d'une incompatibilité physique. Un peu comme les legos pour enfant. La forme ronde dans le cercle, le cube dans le carré... Une sorte de logique des rapports que j'ai l'impression de connaître et de comprendre.*

Sur trois relations, j'avais détesté les deux premières. La troisième était différente.

Mais comment peut-on dire quelle était la meilleure lorsqu'on a eu qu'une seule bonne expérience ?

Dans ce petit flou, je suis restée à demi-contentée, très résignée, durant des années.

Mon index tapote l'eau qui vient de s'installer dans le creux de mon nombril.

— Jusqu'à maintenant, soufflé-je.

Le souvenir des dernières heures remonte une nouvelle fois ma température. L'eau chaude n'y est pour rien.

Je ris sous les bouffées de chaleur, mêlée à un désir encore surprenant.

Accompagnée de cette humeur coquine, je termine rapidement ma douche.

Quitter la douce vapeur d'eau chaude est compliqué. Je frissonne déjà quand la porte de la chambre s'ouvre. Nue, je sors de la salle de bain pour accueillir celui qui m'offre cette sensation de bien-être.

# Chapitre 2

**TARA**
**14 heures**

Une heure que je l'attends. Elle se fiche de moi.

Exaspérée, je regarde pour la millionième fois mon téléphone portable. Un petit boîtier rectangulaire, qui ne peut me servir que d'horloge portative et d'antenne en cas d'appel. Rien de bien extraordinaire, mais suffisant pour rester joignable. Tout du moins, avec le reste du monde, excluant ma meilleure amie.

J'ai beau tenter de me convaincre qu'elle va bien, que je n'ai pas à me mêler de ses choix ou encore de la manière dont elle les mène... Je m'inquiète.

La tête en l'air, aventurière d'expérience et rêveuse en tout genre, c'est moi. Pas elle.

Notre binôme marche comme ça. Elle file droit, d'une façon stable et raisonnée et moi, je lui apporte des sourcils froncés et levages d'yeux au ciel, accompagnés de petits soupirs aussi amusés que décontenancés.

Hors de question qu'elle décide de me faire vivre l'enfer des nuits blanches sous la peur qu'il lui arrive quelque chose.

— On reste longtemps comme *sow...* me demande pour la millième fois le mannequin végétarien, venu de France, pour un défilé haut en couleur, et que je traîne partout avec moi depuis deux jours.

Je ne sais pas si c'est le fait de ne pas avoir mon amie avec moi, mais j'ai eu envie de compagnie. Sauf que j'avais misé sur le pourcentage, non négligeable, que Louis serait attiré par les hommes.

À notre première rencontre, il m'avait fait un tel déballage sur la beauté de leurs attributs, que j'en avais conclu qu'il les aimait particulièrement. À la place, j'ai vite observé que c'était sa technique de drague, particulière et peu convaincante.

— Louis…

J'arrête ma phrase pour réfléchir à la suite. Son accent européen, ses belles joues et ses lèvres charnues n'enlèvent rien au fait que je n'ai pas envie de lui parler. Mon esprit est obnubilé par Julia. Et même si la Tara habituelle se laisserait tenter par ses petits yeux de biche français, je dois rester forte.

— Tu veux aller faire un tour sur la plage, t'acheter une glace ?

J'ai l'impression de parler à un enfant. Si j'en crois l'agence qui m'embauche pour rester avec lui, je n'en suis pas loin.

Beau et professionnel, oui. Une boussole dans le crâne, absolument pas.

À son regard paniqué, je comprends qu'il doute autant que moi de ses capacités de repérages.

— Regarde, on voit le bord de plage là-bas.

Je tends le bras, pointant de mon index les reflets dorés du sable. Il plisse les yeux avant de se lever. À la manière dont il fixe sa destination, je m'inquiète de ses traversées de route. Il n'a pas l'air dans l'optique de quitter ce point précis des yeux.

Essayant de me détendre un peu, je ne le regarde pas s'éloigner longtemps, préférant mettre en marche mon plan. Si Julia ne veut pas lâcher toutes les informations que je souhaite, je vais devoir ruser.

Deux semaines qu'il me coache en secret, espérant en apprendre un peu plus sur la situation. J'ai bien tenté de lui dire de l'appeler, mais impossible. Il est trop obstiné pour ça. Peureux aussi. Je le comprends.

Après les derniers événements, les révélations et le silence de Julia, je ne sais plus vraiment où me positionner.

Qui a tort, qui a raison ?

Sans la version de mon amie, je ne peux pas trancher. J'ai besoin de savoir ce qu'elle pense de cette histoire. Peut-être a-t-elle des informations que j'ignore ?

Je m'interroge une nouvelle fois sur ce point précis quand je vois sa grande silhouette apparaître au loin. Bêtement, je l'imaginais amaigrie, abattue ou malheureuse.

Au contraire, la femme que je vois est rayonnante. Bien plus heureuse que d'habitude. Qu'avant.

J'agite mon nez de droite à gauche, un tic que je fais lorsqu'un stress s'insinue en moi.

Sachant à quel point mon amie me connaît, j'essaie de calmer mon agitation. Une main au niveau de mon visage, l'autre posée à plat sur la table ronde devant moi, je parais complètement naturelle. Telle une mannequin sur les réseaux sociaux. Détendue et spontanée.

Je ris de ma bêtise, en reprenant une contenance normale. Qu'importe si je suis angoissée, Julia doit savoir à quel point je me suis inquiétée. Mon poignet retombe mollement près de l'autre, tandis que je me redresse pour l'accueillir. Elle m'ouvre grand ses bras et je m'y engouffre.

Je n'ai jamais eu d'amie de sexe féminin avant elle. Les discussions entre femmes, les confidences et autres petites spécificités de notre genre ne m'ont jamais paru aussi importantes que depuis deux semaines.

C'est toujours pareil, quand on a quelque chose, on ne prend pas conscience de sa valeur. Au moment où on nous l'enlève, on comprend que l'acquis ne l'est jamais. Et qu'il vaut bien plus.

Je reste un moment dans ses bras avant de recevoir intérieurement une flopée de questions. Je le revois assis dans mon salon, m'assaillant de questions à peine deux jours après le mariage.

Des interrogations que j'avais été incapable de calmer. Julia ne m'avait pas prévenue de ses intentions. Je n'en avais aucune idée. Et si je n'arrive pas à avoir des réponses, je ne serai pas la seule frustrée.

— Comment tu vas ? Tu as l'air… radieuse !

Mon observation ne peut pas être plus juste. Le sourire qui illumine son visage colle parfaitement avec la lueur mutine qui tapisse ses pupilles.

Si je ne connaissais pas la situation, j'aurais été jalouse d'elle.

Sauf que je suis une femme qui fuit les complications. Et la vie de Julia n'a rien de simple en ce moment.

Elle prend son temps pour me répondre, s'asseyant à notre table. Comme à mon habitude, j'ai pris en terrasse. Même si le soleil est loin d'être le meilleur ami de ma peau de rousse, je l'incite à égayer notre rendez-vous.

— Tu es drôlement bien habillé, me complimente-t-elle.

Je regarde l'habit que je porte distraitement. En deux jours, Louis s'est donné pour mission de me relooker. Adieu les vêtements colorés et larges, bonjour les textures inconfortables et moulantes. Au lieu d'évoquer un bonbon appétissant, je ressemble à une sirène en manque de réverbération.

— Louis a décidé de m'offrir un « style ». Rien de très concluant.

Je lâche ça, sans vraiment réfléchir et je le regrette à la seconde. Julia sourit de toutes ses dents avant de se lancer dans ce qui aurait dû être ma réplique.

— Vraiment ? Un homme ! Raconte-moi tout. Si tu te laisses relooker, c'est qu'il te plaît vraiment.

Elle est enjouée, presque trop. Son ton frôle l'hystérie heureuse, comme j'ai pu l'être de nombreuses fois face à mes histoires d'un soir ou ses petites confidences d'hôpital.

À la regarder, je comprends ce qui me dérange. Sa tenue plus colorée, décontractée, ses cheveux ondulés, sa mine réjouie.

On dirait moi. La « moi » d'il y a deux semaines. Celle qui marchait à l'imprévu et aux frissons.

— Ne sois pas timide, raconte ! insiste-t-elle, visiblement intéressée plus que de raison par Louis.

Je fronce les sourcils, analysant cette situation inédite. En temps normal, elle m'écoute l'air blasé et je lui demande ce qu'elle a.

Elle me raconte ses soucis et nous passons l'autre partie à décortiquer les solutions qui s'offrent à elle.

Sauf que là, elle est intarissable de questions. Comme si elle ne voulait pas que j'en pose.

*Oh non.*

Sa manière de procéder m'apparaît enfin. Elle disait toujours que James répétait : la meilleure façon de ne pas se retrouver dans un interrogatoire, c'est d'interroger le premier.

Je reste bouche bée face à sa manière de prendre la direction de la conversation. Elle, qui d'habitude, se laisse toujours porter par mon verbe facile.

Alors voilà où j'en suis ? Elle sort déjà les armes en amenant sur le tapis mon plan C. Flouant d'un revers de la main des heures de réflexions et de mises en situation. Je n'ai même pas pu enclencher mes deux premières attaques qu'elle dégaine.

Il avait raison. Elle est en train de changer.

Cette réalité m'effraie tandis que je lui raconte vaguement Louis, mon quotidien… Je l'omets, lui.

Une fois ma tirade terminée, je trouve une excuse pour m'échapper de ce guet-apens. Impossible d'apprendre quoi que ce soit, elle avait prévu mes questions.

Dépitée, je marche le long de la rue qui mène à la plage, sans me retourner. La Julia, assise à cette terrasse, ne m'intéresse pas.

— Pop-corn, s'exclame Louis en me voyant.

Je le vois courir, un paquet de maïs chauffés dans la main. Avant de poser mes pieds sur le sable chaud, je me détourne vers la gauche. Je l'avais quasiment oublié. Assis dans son 4x4, il m'observe. Je n'ai pas l'âme d'aller le voir. Ni de lui dire quoi que ce soit.

À la place, je secoue la tête de gauche à droite, pour lui signifier que la situation n'est pas glorieuse.

Il n'attend pas plus pour démarrer et partir. J'imagine son expression défaite. Sûrement une version de la mienne, en plus désespérée…

— Tu vas bien cactus ?

Je lève les yeux au ciel avant de lui exploser le bras. *Petit cactus*. Voilà le surnom qu'il m'offre depuis hier soir.

Après une conversation plutôt enrichissante et hilarante sur les poils. Tel un homme du 21e siècle, il a peiné à comprendre mon envie de ne pas m'épiler. C'est vrai, comment peut-on comprendre qu'une femme ne souhaite pas souffrir pour seulement plaire un peu plus aux hommes ?

— Mais, il faut souffrir pour être belle, non ? m'a-t-il sorti naïvement.

Sans être brusque, je lui ai demandé de me citer une seule chose douloureuse que les hommes réalisent pour plaire aux femmes.

Très impliqué, il a cherché. Fait des listes... Pour rendre les armes, un peu abattu. Il m'a sorti l'argument du rasoir. Appuyant sur le fait que beaucoup d'hommes se rasent la barbe.

À ça, j'ai répondu que beaucoup d'entre eux se laissaient à l'opposé, des poils au menton. Et à des tailles parfois impressionnantes.

Je n'imagine pas la vision que ma réflexion a produite chez lui, néanmoins, cela a clôturé le débat. M'offrant en guise de victoire, le surnom de cactus. En somme, ce petit nom ne me dérange pas.

Je lui souris, l'esprit encore un peu ailleurs quand il me propose de parier sur le premier à l'eau. Je décide de mettre de côté l'aspect raisonnable de ma personnalité, pour redevenir l'insouciante Tara un instant. Je dérape sur le sable chaud tandis qu'il cherche un endroit où poser son carton. Des minutes décisives qui me permettent d'entrer la première dans l'eau, l'expression de fierté absolue sur le visage.

# Chapitre 3

## JULIA

Le soleil coule sur ma peau, tandis que je commande une boisson fraîche et non alcoolisée. Prendre une liqueur dès le réveil n'est pas une bonne idée, surtout après ce rendez-vous plus qu'étrange. J'ai bien senti le jugement émaner de Tara. Lui a-t-elle parlé durant les derniers jours ?

Cette possibilité m'ennuie, même si leur amitié n'est pas nouvelle.

Ai-je le droit d'ordonner à mon amie de ne plus le voir, simplement parce que j'en ai décidé ainsi de mon côté ? Non. Je le sais bien.

Néanmoins, je me félicite d'avoir survécu à cette entrevue. Comme je m'en doutais, elle s'imaginait me voir arrivée défaite, meurtrie ou pleine de doutes. Constater l'inverse n'a pas eu l'air de lui plaire tant que ça. Un point qui me chagrine plus que de raison. Ne souhaitons pas le bonheur de nos amis avant tout ?

Le serveur m'apporte le Graal frais que j'ai commandé. À l'instant où le verre rencontre la petite table ronde, mon téléphone vibre.

L'écran d'accueil s'illumine devant l'employé, qui respectueusement, détourne le regard. Je lui règle l'addition et le remercie.

Une fois seule, j'attire le petit appareil à moi.

La notification qui apparaît sur le smartphone me fait soupirer.

Trois nouveaux messages.

Le premier correspondant n'est autre que ma mère, me harcelant presque aussi régulièrement que Tara. Je lui réponds une vague réponse, excusant le peu de communication des dernières semaines. Quoi lui dire réellement de plus qu'elle ne sait déjà ?

Bien entendu, je n'ai pas dévoilé toute la situation. Certains aspects ne la regardent pas. Mais elle connaît une partie des faits. Celle que tout le monde a pu observer lors du mariage.

Je grimace à ce souvenir. Je n'avais pas pensé une seule seconde vivre un tel mariage. Même s'il n'avait rien de féerique sur le papier, rien ne présageait autant de rebondissements et de pleurs pour une si petite journée.

Je secoue la tête pour m'ôter les images et revenir au présent.

— Aucun regret, soufflé-je à moi-même. Tu es heureuse et épanouie, c'est l'important. Qu'importe leur avis.

Sur cette parole réconfortante et motivante, j'avale prestement ma boisson. N'ayant pas envie de flâner plus que de raison, je quitte le restaurant sans prendre un quelconque repas. Au vu de l'empressement de Tara à quitter notre table, je doute de la revoir avant un moment.

L'estomac dans les talons, je décide d'acheter un repas rapide au coin de la rue, avant de rentrer à l'hôtel.

L'esprit ailleurs, j'en oublie les deux autres appels manqués.

Ce n'est que lorsque j'ai commandé à la borne, à côté d'un homme aux yeux rivés sur son écran, que je me rends compte que j'ai délaissé les deux autres notifications.

Je déverrouille le téléphone pour y voir apparaître le nom de l'agente immobilière. Je porte l'appareil à mon oreille, pour entendre le message.

*Bonjour, Gina Stone. Pourriez-vous me rappeler dans la journée ? Il manque votre signature sur l'un des papiers. J'ai demandé à James de vous le faire passer, mais il a préféré que je m'entretienne avec vous. Question d'emploi du temps et d'efficacité. Encore merci d'avoir choisi mes services. À plus tard.*

La moue exaspérée qui s'affiche sur mon visage est un mélange d'agacement et d'exaspération. La manière familière dont elle nomme James, tel un ami et non un client, ainsi que son don pour me trouver toujours un papier à signer malgré la tonne de paraphes déjà faite, sont les deux points les plus énervants de mes dernières semaines.

— Paperasse, paperasse, grommelé-je tandis que le message se termine.

*Vous avez choisi de rappeler ce correspondant. Composition du numéro en cours.*

J'écarquille les yeux face à l'interprétation de mon murmure. Les tonalités sonnent déjà quand je réalise qu'il est en train de la rappeler sans mon accord. Je n'ai pas le temps de raccrocher que sa voix charmante et aiguë décroche.

— Quel plaisir de vous avoir au téléphone, s'extasie-t-elle, d'une façon trop prononcée pour être honnête. Vous avez eu mon message ?

Je lui réponds un oui un peu sec, tandis qu'elle continue son laïus. Déformation professionnelle ou personnalité, qu'importe, Gina ne s'arrête jamais. Une fois lancée, l'interrompre relève du miracle.

— Pourriez-vous passer à l'agence ? Ou bien je me déplace ? Où êtes-vous ? Cela ne requiert que quelques minutes. J'ai un créneau jusqu'à 13 h 15.

Sachant qu'il doit approcher de l'heure qu'elle m'indique, je lui donne l'adresse du fast-food où je me trouve.

— Parfait. Pourrions-nous nous retrouver au niveau de l'esplanade ? Il y a un charmant café en face de la plage, je pourrais ainsi vous informer des dernières avancées.

J'accepte, en voyant un jeune cuisinier, une toque transparente sur les cheveux, me faire signe. Le téléphone collé à l'oreille, je récupère ma commande et sors sur la route.

Gina m'assure être rapidement sur place.

Connaissant sa ponctualité, je m'avance d'un bon pas.

En temps normal, manger dans un café, la nourriture d'un autre lieu, m'aurait mise mal à l'aise. Aujourd'hui, après mon réveil paisible et le rendez-vous avec Tara bien géré, je n'ai qu'une idée en tête, calmer mon estomac.

Je mords dans mon hamburger à peine les fesses posées sur la chaise métallique de la terrasse.

Un serveur s'avance, tandis que je mâche tant bien que mal le mélange de viande, pain et crudités.

— Vous souhaitez commander ?

Son ton suinte de reproches sur mon attitude. Je lui adresse un sourire sans connotation particulière. Je lui désigne la carte des boissons, ce qui lui fait comprendre que je n'ai pas encore choisi. Cachant ma bouche, je termine ma bouchée en le regardant s'éloigner.

D'une main, j'attrape la carte.

Les boissons sont nombreuses et plusieurs me tentent.

J'hésite avant de choisir un petit remontant alcoolisé.

— Dommage pour la vie saine et raisonnée, dis-je en abandonnant mes résolutions de ne plus boire d'alcool la journée.

J'ai besoin de ça pour survivre à la tempête Gina. Le baratin qu'elle me servira, James n'a pas dû l'avoir. Il a vraiment de la chance d'avoir autant de femmes qui tournent autour de lui tel un pot de miel.

Moi, les femmes tournent en cercle, dans l'optique de me le piquer à la moindre incartade. Une habitude qui devient lassante.

J'ai à peine fini mon sandwich que l'ombre canadienne se dessine à l'horizon.

Gina est à l'opposé de la caricature de nos amis du Nord. Grande et mate, elle arbore une chevelure noire de geai et bouclée jusqu'au milieu du dos. Des jambes fines et musclées, qu'elle arbore avec fierté, fruit de ses heures à la salle de sport, lui permettent de dégager dans sa démarche une assurance incroyable.

À la voir ainsi, je pourrais m'imaginer être dans une série, où l'entrée se fait au ralenti. Le seul détail qui compte, c'est l'homme derrière elle.

1 mètre 85. Plutôt mignon, si je me fie à la première impression. De loin, il m'apparaît chétif, presque juvénile. Une sensation qui s'intensifie alors que ses traits se rapprochent de moi.

Que vient faire ce jeune sorti d'université aux côtés de Gina ?

— Vous êtes resplendissante, s'étonne mon agente immobilière.

Sa surprise pourrait me blesser, si je n'avais pas déjà joué un million de fois à ce jeu d'hypocrite avec les femmes de l'entourage de James.

Ce qui me soulage, c'est qu'elle sera la dernière.

# Chapitre 4

## TARA

Les volets fermés de mon appartement permettent à la fraîcheur d'y rester. Mon front trempé de sueur, malgré la petite baignade de toute à l'heure, m'oblige à prendre une douche. Le rendez-vous professionnel de Louis doit durer quatre heures. J'ai donc largement le temps de prendre un peu soin de moi.

Quittant mes sandales avec bonheur, dans le hall d'entrée, je sautille jusqu'au frigo pour me servir une boisson fraîche.

Concombre et gingembre.

J'observe l'écriture au marqueur fait à la va-vite par ma propre main. Je plisse le nez, légèrement hésitante. J'ai eu ma période nature et remède miracle pour un teint de pêche et une voix de velours. Ce n'est pas un échec, je ne ressemble pas à un monstre mais je n'ai pas encore atteint la voix de la Castafiore ou la beauté d'une mannequin.

Laissant de côté mon mélange détox pour une journée de culpabilité, j'attrape une bouteille de jus de pomme.

— Elle est tout de même bio, dis-je dans un demi-sourire.

La petite voix de ma professeur de yoga et grande défenseuse des recettes naturelles sonne à mes oreilles.

— Pour être dans un équilibre parfait, tu dois boire et manger ce dont ton esprit a besoin, m'a-t-elle dit au dernier cours.

J'interroge une seconde mon subconscient, à la recherche de son envie vitale et urgente. Sans grande surprise, le nom de Julia apparaît.

— La réponse à mes problèmes est donc de boire le sang de mon amie, ris-je.

Même si le ton de l'humour suinte dans mes mots, une boule d'angoisse apparaît au fond de moi. J'avale une gorgée pour oublier le goût de ma défaite de ce matin. Moi qui m'imaginais grande détective, je vais arrêter d'observer Robert Downey Junior en génie du crime dans les rues londoniennes.

Le parquet neuf de mon loft grince sous mes pas tandis que je rejoins ma salle de bain. Couleurs fluos et serviettes à motif décorent l'espace que je déteste le plus.

Depuis mon séjour à Cuba, où l'eau douce n'est pas une ressource naturelle abondante, les locaux la consommant de manière calculée, j'observe ma douche d'un tout autre œil.

Bien évidemment, j'adore rester sous l'eau chaude et me prélasser. Sauf que les visages de personnes en manque d'eau potable m'arrivent à l'esprit à chaque fois. Ce qui, inévitablement, gâche mon plaisir.

Selon un conférencier que j'ai eu la chance d'écouter près de Los Angeles il y a deux semaines, tout le monde devrait vivre de telles expériences, simplement pour s'ouvrir l'esprit et prendre conscience de la chance que nous avons ici, dans le pays.

Bien qu'une douche me soit salutaire, j'hésite.

Sans y réfléchir, j'observe autour de moi pour m'assurer que personne ne m'observe, ce qui est impossible étant seule dans l'appartement et me renifle les dessous de bras.

L'odeur est quasiment inexistante, preuve que mon corps n'est pas en saturation de sueur.

Mes cheveux sont brillants, sans une once de gras.

Le sébum ne sera donc pas un problème non plus.

Après mure réflexion, je décide de prendre qu'un simple gant de toilette pour me rafraîchir. L'opération est rapide et je n'ai pas à culpabiliser de l'eau gaspillée.

Satisfaite de mon geste écologique, je ressors de la pièce, un sourire sur les lèvres. Il en faut peu pour être heureux.

Encore indécise sur la façon dont je vais tuer le reste de mon temps, j'ouvre mon ordinateur posé sur le petit bureau, fait d'une planche et de deux tréteaux dans un coin, pour consulter mes e-mails.

« *ACCUEILLIR MANNEQUIN AVEUGLE* »

L'entête du mail m'interpelle. J'ai commencé l'accueil des professionnels étrangers depuis quatre mois. Un travail qui me correspond. Spontanéité, écoute et réactivité, sans aucune attache dans le temps. Un emploi rêvé que j'aime particulièrement occuper. L'agence qui me met en contact n'est pas véritablement ce qu'on pourrait appeler familiale. Aucune échelle humaine, un correspondant quasi-robotique, qui m'exaspère souvent par son manque d'informations précises. Néanmoins, je n'ai jamais manqué de contrat depuis que j'y suis. Les personnes défilent chez moi, sans se ressembler en aucun point.

J'ouvre le courriel électronique pour voir de quoi il en retourne. Ladite personne semble être assez connue dans le milieu et souhaite, je cite : *passer un séjour à L.A, le plus agréable et discret possible.*

Je grimace. La discrétion n'est pas mon mantra le plus évident. L'agence me l'a envoyé car son arrivée correspond au départ de Louis.

J'hésite avant de me lancer dans une réponse.

*« Heureuse d'accueillir cette personne, qui trouvera chez moi la guide parfaite pour un séjour selon ses désirs. »*

J'oscille la tête de droite à gauche à la recherche d'une autre formulation. Guide rappelle un peu trop la formulation « guide d'aveugle » et je ne voudrais pas que cela puisse le vexer, avant même qu'on ait commencé à échanger sur ses exigences.

— Moins pompeuse et plus spontanée… Tiens ça…

La technique de me parler à moi-même fonctionne. Je retape une autre version, cette fois-ci plus proche de la vérité.

*« La date correspond parfaitement à mon planning d'accueil. Je suis prête à l'accueillir et à écouter ses exigences particulières, comme pour chacun de mes clients. »*

Ma réponse professionnelle me plaît et je l'envoie.

À peine le mail transmis qu'on sonne à ma porte. Je me relève prestement et cours accueillir mon visiteur.

Sur le seuil, sans grande surprise, je retrouve mon charmant nouvel ami, le visage défait et les yeux rougis.

Si je ne connaissais pas toute la situation, j'aurais du mal à imaginer Dean, larmoyant sur le pas de ma porte.

# Chapitre 5

**JULIA**
**Bahamas — 2 semaines plus tôt**

Je pousse la porte de la chambre d'hôtel, les yeux rougis. Une lumière tamisée m'accueille mais je n'y fais pas attention.

Le voyage et la journée m'ont mis sur les rotules. La seule idée que j'ai en tête reste de m'effondrer sur le lit pour réaliser à l'aube ce qui m'arrive.

*« Bienvenue aux heureux mariés. »*

Le mot à mon attention trône en plein milieu d'un saladier de fruits exotiques, appétissants et colorés.

Sans leur reprocher ce service noces de rêve, je plie soigneusement la carte pour la glisser sous le panier, hors de ma vue.

Avant même d'atteindre la chambre, je gigote de droite à gauche en glissant mon pantalon sur mes jambes bronzées par les UV avant le mariage.

Des larmes montent quand je touche le tissu précieux de mes sous-vêtements, spécialement conçu pour aller avec ma robe de mariée.

Ce dernier vestige du plus beau jour de ma vie sur le papier doit traîner dans un coin de la limousine de location que j'ai prise pour venir à l'aéroport.

De la même manière, j'ai hésité à laisser mon téléphone portable aux États-Unis pour éviter que quiconque me contacte. Une folie très hollywoodienne, bien inutile quand on sait que le mode avion est tout aussi efficace pour se couper du monde.

Par sécurité, je branche ledit objet sur une prise, si je change d'avis et souhaite parler à quelqu'un hors du room service joignable sur le fixe de la chambre. Le sol en bois, typique de ces baraquements de luxe, au-dessus de l'eau, craque sous mes pieds tandis que je visite la suite luxueuse que j'ai aperçue sur les brochures plusieurs mois auparavant.

L'endroit et le mobilier remplissent toutes mes attentes.

Confort et dépaysement sont assurés pour plus de sept jours en tête à tête avec moi-même.

*** 

Les premiers rayons du soleil ont raison de mon sommeil agité. Les cheveux en bataille et l'haleine reflétant les excès de la veille dans l'avion, je me lève.

Le pas hésitant, je découvre devant ma porte un immense chariot couvert de nourriture appétissante. Je relève les yeux pour voir si j'aperçois un membre du personnel pour le remercier, quand je crois apercevoir une silhouette familière. Je me fige et fixe l'homme qui vient de disparaître dans une cabane similaire à la mienne. Il n'est pas directement un de mes voisins. De l'eau sépare nos pontons respectifs. Chamboulée, je me raisonne et rentre en tirant le chariot à l'intérieur.

Les suites nuptiales ont la particularité d'avoir une vue complète et de 180° sur l'océan, sans avoir peur d'être vue, sûrement nue, par d'autres résidents.

Ainsi, j'ose ouvrir en grand les deux panneaux coulissants pour profiter de la mer. La vue est à couper le souffle.

Vêtue d'un simple peignoir mis à ma disposition, je me prélasse plusieurs heures, profitant du jus d'orange et des fruits frais de tout mon saoul. Une fois repue, pudique malgré l'assurance de ne pas être vue, j'enfile mon maillot de bain.

Le contact de l'eau a pour effet de me réveiller de cet état second que je traîne depuis plusieurs heures. Je plonge et replonge, nageant comme si ma vie en dépendait. Je ne compte pas les allers-retours que j'effectue de mon ponton à la première trace de corail qui s'étend devant moi.

Ce que je sais, c'est que mon cœur me hurle de continuer jusqu'à sentir mes cuisses me brûler sous l'effort. Malgré moi, je dois m'arrêter. J'agrippe le bord du bois, ne souhaitant pas utiliser l'échelle un peu plus loin.

Mes ongles émettent un bruit désagréable sous le contact du ponton. Je force sur mes mains, enfonçant cette si belle manucure de mariée dans le bois humide.

À bout de force, j'arrive difficilement à remonter dessus. Des larmes coulent sur mes joues quand je suis enfin debout, seule, mouillée et brisée.

Je relève la tête vers ce ciel bleu azur sans cicatrice. Mon cœur s'ouvre et je sens enfin le sang saigner de cette blessure ouverte que je tentais d'ignorer. Je hurle de toutes mes forces.

L'effort me fait basculer en arrière. La claque que je reçois dans la nuque au contact de l'eau, n'est rien en comparaison de ce que je peux ressentir à l'intérieur. J'ai beau vouloir bouger, je reste immobile. Flottant dans cette mer sans vague, j'observe l'immensité immaculée devant moi. Aucune trace de nuage, aucun vent, aucune tempête, aucun désagrément.

Je ferme les yeux.

C'était comme ça que j'avais imaginé ma vie. Un long fleuve tranquille, marqué par quelques remous. Jamais je n'y avais vu de tempête rasant l'intégralité de ce que j'avais construit.

Rien dans mes prévisions ne ressemblait à ça.

Bercée par le silence de cette eau claire, j'en oublie la réalité. Je m'évade de cet endroit.

Je me revois lui dire oui. Distinctement et sans doute.

Son sourire, le visage rassuré de nos proches et lui. Au fond de l'église, l'air désespéré. À cet instant, j'aurais dû comprendre que cela ne pouvait pas se terminer ainsi.

De l'eau frôle mon nez et je panique. Une ombre vient de me bloquer le soleil, je n'ai pas rêvé. Les yeux hagards, j'observe autour de moi.

Un homme d'une trentaine d'années, armée d'une immense épuisette s'avance vers moi. Il est suivi de deux autres hommes habillés de la même manière. Je distingue le sigle de l'hôtel sur leur uniforme et me détends.

— Madame ! Madame !

Ils ont l'air paniqués. Je me redresse et m'approche du ponton. Les trois hommes me soutiennent tandis que je ressens un léger vertige, sûrement le fait d'être restée trop longtemps sous les rayons du soleil. Ma peau me tire et je ressens le besoin de trouver la fraîcheur de l'ombre. Ils m'accompagnent à l'intérieur, m'interrogeant sur mon état de santé.

J'apprends qu'ils ont accouru ici quand un de leur client est venu prévenir qu'une femme hurlait aux environs de ma suite. Je comprends le malentendu et les rassure.

— Vous avez l'air en déshydratation, déclare le plus âgé des trois. Vous savez que rester longtemps dans l'eau sans protection, ce n'est pas sérieux. Plusieurs personnes s'endorment à cause de l'absence de vagues et se noient.

Sa manière, assez froide, de me dire ça, calme mon esprit un peu trouillard de naissance.

— Je vais faire attention à l'avenir, assuré-je en fixant mes pieds, penaude.

Ils ont l'air satisfaits de mon état car ils me laissent rapidement seule. Une fois la suite vidée des trois hommes, je m'avance vers la douche. Ma peau donne l'impression d'avoir passé un séjour dans un four et j'en profite pour mettre un maximum de crème sur chaque particule de mon corps.

Une fois tartinée, ce qui me prend un temps fou, je m'installe sur le canapé pour prendre un roman choisi au hasard dans les rayons duty-free. Même si la couverture invite à une douce romance, si j'en crois le résumé, pas sûre d'avoir une fin heureuse.

— Elle n'existe pas de toute manière vos fins heureuses, lâché-je, amère.

Même si l'auteur de ce livre ne peut pas m'entendre, je lance un monologue convaincu sur la réalité de l'amour. Le prisme de mes mots amène une vision morne et désolée de cette catégorie littéraire.

— Ça donne envie, ris-je avant de lire les premiers mots.

Malgré la mauvaise foi dont je fais preuve, après une bonne demi-heure, je suis incapable de lâcher le roman.

Les personnages attachants et réalistes me prennent à la gorge et je me retrouve à constater à ma droite qu'un magnifique coucher de soleil arrive. Plus aucune goutte de crème sur moi, je délaisse le roman, pour m'avancer sur la terrasse. Ainsi, à même le bois, je profite de ce spectacle, seule. Cet état m'attriste moins qu'avant. J'ai l'impression d'avoir laissé une partie de mon cœur blessé, dans les pages de ce roman d'amour, pas si irréaliste que ça.

Fière de mon évolution en si peu de temps, je décide d'aller à pied à l'accueil au lieu de les appeler, pour leur dire que je vais manger ce soir dans ma chambre. Déterminée, je me relève au moment où le dernier petit rayon de soleil se cache à l'horizon. Le ciel orangé m'accompagne tandis que je tente de me repérer dans le dédale des pontons en bois de la station balnéaire. Heureusement, le chemin est illuminé. Je remercie intérieurement le fabricant de la crème miracle que j'ai étalée sur mon corps. Malgré le tissu synthétique de ma robe, enfilée à la va-vite, je ne ressens aucune démangeaison ou douleur, typique des coups de soleil violents.

Rassurée de ne pas être une merguez vivante pour les prochains jours, je croise mon premier voisin en lui adressant un sourire rayonnant. Il me retourne ma bonne humeur, au contraire de sa femme, le sourcil arqué en train de se demander ce que je peux bien faire aux Bahamas, seule.

*Je ne viens pas chercher un mari, aucun risque*, ai-je eu envie de lui dire.

À la place, j'accélère le pas pour atteindre rapidement l'accueil.

À mon arrivée dans le hall du bâtiment principal, une magnifique hôtesse vient à ma rencontre.

— Madame...

Ce nom de famille, celui de James me coupe le souffle. J'entends à peine la fin de sa phrase.

—... que pouvons-nous faire pour vous ?

— Mademoiselle Relwood, la corrigé-je du tac au tac. Je voulais prévenir que j'allais prendre mon repas dans ma chambre.

— Très bien. À quelle heure voulez-vous qu'on l'apporte ?

Je hausse les épaules, ne sachant pas très bien si j'ai faim tout de suite. Même si on dit que l'eau creuse, je n'ai pas l'impression d'avoir un besoin de nourriture dans les heures qui arrivent.

— D'ici une heure ?

Je lui pose la question, mais elle le prend comme un souhait, signifiant que l'heure n'est pas indécente pour eux. Je rougis en pensant aux couples à peine mariés qui doivent ne pas quitter leur chambre et demander de la nourriture à n'importe quelle heure pour compenser les efforts qu'ils commettent sous les draps.

Définitivement, je n'ai rien à faire ici. Qu'importe, j'ai payé, je peux profiter de cette suite comme bon me semble. Je la remercie et repars. Plusieurs hommes au coin du bar de l'hôtel me guettent mais je n'y porte pas attention. Hors de question de se faire draguer par des époux infidèles ou de riches désespérés.

Mon avis plutôt caricatural des clients de ce genre de lieu me fait lever les yeux au ciel. Ce n'est pas la littérature qui devient cliché mais moi. Un peu abasourdie par mon jugement facile, je retourne dans ma suite pour me plonger dans le roman entamé.

Je cours quasiment jusqu'au fauteuil et la petite table basse où je l'ai laissé.

Mes yeux dévorent avidement les pages suivantes et j'en oublie une nouvelle fois le reste. Ce n'est qu'une fois le chapitre vingt-quatre terminé que je crois entendre un bruit à l'extérieur. Je me redresse pour observer l'heure. Quarante-cinq minutes que j'ai commandé mon repas. Ils doivent être en avance.

À contrecœur, j'abandonne mon livre pour aller voir. J'actionne la poignée et sors. Devant moi, l'ombre d'un chariot se dessine dans la faible luminosité des lampadaires installés ci et là.

Je le tire à l'intérieur, surprise de voir le dessus vide.

Une fois à la lumière, je constate que le deuxième étage ne contient qu'un bac à champagne, une bouteille et deux verres.

Je soupire, encore une attention qui doit venir de la formule nuptiale.

La main au-dessus de la bouteille, j'hésite à la renvoyer.

— Oh, après tout, tu dois être celle qui mérite le plus un remontant à l'heure actuelle, me déculpabilisé-je en attrapant le goulot de celle-ci ainsi qu'un verre à pied.

« *Que nos cœurs pétillent à jamais, comme chacune de ces bulles de champagne* ».

Le petit carton accolé à la bouteille de champagne me fait exploser de rire. Ainsi donc, les attentions souvent attribuées à l'époux romantique et attentionné ne viennent que de l'imagination des employés, sûrement aidés d'Internet et autres subterfuges de jolies phrases toutes faites.

— Pas de pot, je sais qu'il n'y est pour rien, je suis seule, dis-je tout haut.

Une réaction inutile.

Je glisse le petit papier sous la coupole de fruit comme le premier et me sers une pleine coupe de champagne que je vide très rapidement. Je m'en prends une seconde quand on frappe une nouvelle fois à ma porte. J'en bois une partie avant de raisonnablement la poser sur le chariot pour ouvrir aux room service.

Une ombre s'éloigne déjà prestement quand j'ouvre. Mon repas, chaud et à l'aspect succulent, me donne l'eau à la bouche en quelques secondes. Pas besoin d'avoir faim pour déguster un tel repas.

Je pousse le chariot jusqu'à la table et viens récupérer la bouteille de champagne ainsi que mon verre pour m'installer à table.

En à peine trente minutes, je termine tous les plats et je sens mon ventre se tendre vers l'avant.

Armée du reste de la bouteille de champagne et du rosé que j'ai découvert au milieu des plats, je me dirige vers la fin de mon roman.

Installée sur les petits fauteuils installés près de la terrasse, je me replonge dans l'amour torturé de ce couple, auquel je m'identifie si bien.

La fin de l'histoire se termine sur une note de musique que je ne peux m'empêcher d'avoir en tête.

Inculte sur ses paroles exactes, je me sens obligée de rallumer mon téléphone et de l'écouter.

Dès les premières notes, je me mets à me déhancher sur la terrasse.

Souhaitant ne pas déranger mes voisins, j'installe les écouteurs dans chacune de mes oreilles et passe en boucle le son de cet hymne à l'amour irréel.

Mon corps se balance de droite à gauche, enivré par le rythme. Mes hanches ondulent dans l'air chaud des Bahamas et je me déconnecte complètement.

Les yeux clos, j'ôte mes sandales pour sentir le bois sous mes pieds.

Sans son, je hurle cette chanson qui vibre dans chaque parcelle de mon corps. Ma peau frémit et mon cœur bat à l'unisson de ce qui semble me faire revivre. J'en avais oublié à quel point la musique était une véritable thérapie chez moi.

Autant que la danse et cette sensation d'être enivrée par quelque chose de bien plus grand que soi.

Mes mains se faufilent dans mes cheveux, l'odeur de Monoï s'en échappe, et je me plonge dans ce lieu paradisiaque où j'ai la chance de pouvoir faire une pause. Les dernières heures s'échappent et je parviens enfin à inspirer, sans poids sur la poitrine.

— *Dance for me, dance for meee*, chantonné-je à demi-mot.

Mon pouce et mon majeur s'entrechoquant en rythme et le balancement de ma tête de droite à gauche finissent de m'évader. Je vois un désert, une oasis.

Je suis seule, complètement. Je peux hurler sans risquer de faire peur à quelqu'un. Mes pieds tapent bruyamment le sol. Les bras écartés, je tournoie dans cette réalité imaginée de toute pièce, où le bonheur respire dans chaque pore de ma peau.

— *You, you make me, make me, make me wanna cry*, hurlé-je à pleine voix, la musique emplissant mon esprit.

— And now I beg to see you dance just one more time.

Je mets plusieurs secondes à comprendre que les paroles ne sont pas sorties de ma bouche. Je cligne des yeux, stoppant net mes tours sur place. Un vertige me prend quand je vois une silhouette se dégager dans l'encadrement de la porte d'entrée.

Encore une poignée de clignement et de vertiges avant que le visage de James ne m'apparaisse nettement.

Un hoquet de stupeur sort de mes lèvres tandis que je détache violemment mes écouteurs.

Ils tombent lourdement sur le sol, brisant le petit silence qui s'installe progressivement dans la pièce.

— Qu'est-ce que tu fais là ? dis-je la voix enrouée par l'émotion.

Le bien-être que j'ai ressenti juste avant a disparu. Face à lui, la douleur est encore plus intense qu'avant.

— Tu m'avais dit, ne prends pas l'avion avec moi. Je ne l'ai pas pris avec toi, répond-il visiblement fier de sa répartie qu'il a dû répéter durant des heures, seul dans l'avion pour ici.

Je l'observe sans savoir quoi lui dire. Les révélations de Dean à la sortie de l'église, les avis des uns et des autres, les mots de James et mon choix, rien de ce qui a pu se passer ne me paraît cohérent.

Pourquoi est-il venu me rejoindre ? Comment a-t-il pu le faire malgré mes mots ? Et pourquoi ai-je cette drôle de sensation de bonheur en sachant qu'il ne m'a pas écoutée ?

# Chapitre 6

**TARA**
**27 août 2020 - 16 h 37**

— Tu comprends pas Tara, s'agace-t-il pour la énième fois. Elle a échangé toutes ses gardes. T.O.U.T.E.S, répète-t-il.

Je soupire face au quatorzième aller-retour que Dean fait dans mon salon.

Épaules voûtées, barbe de plusieurs jours et yeux gonflés, il monte une nouvelle fois les deux petites marches qui mènent à la cuisine avant de redescendre. Son petit manège se termine par un énième juron avant de se planter devant moi. Puis, il repart.

Quelquefois, il ajoute à ce rituel ridicule une information s'intégrant à l'immense tonne d'éléments que je connais déjà.

J'ai bien envie de lui dire de se calmer, mais je n'ai aucune idée des mots justes qu'il faut employer. Alcool, sortie, série, sport… Depuis des jours et des jours, je tente de lui trouver un moyen d'évacuer, mais rien n'y fait. Et même si son attachement pour Julia me paraît excessif, surtout après le mariage, je ne peux qu'avoir pitié de lui.

— Dean, tu devrais arrêter, soufflé-je. Tu ne crois pas que son attitude est claire ?

— Claire ? Bien entendu. Il la manipule. James l'éloigne de ses amis, de son boulot, de toi, de moi.

Je grimace. Julia m'a dit, il y a déjà plusieurs mois, que son cher et tendre avocat connaissait depuis des années Dean. Une sorte d'amitié sur les bancs des premières écoles. Une belle amitié en somme pour traverser les âges. Sauf qu'elle n'en avait jamais entendu parler avant d'emménager à Los Angeles. Ni même les premiers mois en ville.

Comme si James avait oublié de mentionner l'existence d'un tel ami dans le coin et dans la branche de Julia. À voir le comportement agressif de Dean envers l'avocat, j'ai du mal à croire qu'une quelconque amitié existe entre eux.

Même si j'ai eu envie de nombreuses fois de l'interroger sur ce sujet, je n'ai rien dit. Préférant obtenir des informations spontanément de lui. Car après des heures à discuter le soir du mariage, j'ai vu en Dean un homme tout à fait différent du stéréotype offert par Julia et Nina. À la place, j'ai découvert quelqu'un d'attachant, compliqué et blessé.

Sans savoir de quoi il retourne, j'ai bien compris que James ne fait pas partie d'un passé agréable.

Il a d'ailleurs voulu en toucher un mot à Julia avant le mariage, mais cela a échoué. Ce qui l'a obligé à agir ainsi le jour J.

Je ne porte pas de jugement sur son acte, mais il ne me semble pas avoir choisi la meilleure voie pour ouvrir les yeux à mon amie.

Bien que je n'aie rien contre James sur le papier, je commence à approuver Dean sur certains points. Julia ne réagit plus de la même manière depuis la préparation du mariage, jusqu'à aujourd'hui. Son attitude est calquée sur autre chose. Son tempérament posé et accessible se transforme pour laisser place à une inconnue.

— Tu l'as vue hein ! Elle t'a paru comment ?

Troisième fois qu'il m'interroge sur notre courte entrevue de ce matin. Techniquement, je n'ai pas encore pu répondre, à la vitesse à laquelle il enchaîne les questions et sa façon de parcourir la pièce d'un air surchargé. Mais au fond, je ne sais même pas quoi lui dire. S'il m'en avait laissé l'occasion, j'aurais sûrement menti, en lui prétextant qu'elle avait été retardée ou qu'on s'était bêtement loupées à cause d'une erreur d'adresse.

Je le regarde s'éloigner, continuant son petit tour de mon loft, avant de s'immobiliser et de pivoter vers moi, l'œil interrogateur.

— Tu ne l'as pas vue ? soupçonne-t-il face à mon silence évident.

Son interprétation est quasiment la bonne. Même si je l'ai vue, j'ai l'impression du contraire. Mon amie, celle qui m'avait accompagnée en poterie durant des mois malgré son aversion pour l'activité, n'avait rien à voir avec celle que j'ai rencontrée ce midi.

— Si... rapidement.

Je lâche ça comme si de rien n'était, pour ne pas envenimer la situation. Sauf que Dean n'est pas dupe.

— Elle est partie !

Il paraît persuadé que Julia n'a pas pu vouloir rester longtemps avec moi. Je grimace en lui répondant :

— Non. C'est moi.

Il écarquille les yeux, surpris d'entendre ça.

— Toi ? De quelle manière ? Pourquoi ? Tu voulais tellement la voir et lui parler de...

Il s'arrête, voyant mes yeux se remplir de larmes. Même si je ne lui avais jamais dit à quel point cette situation me pesait, je pensais qu'il l'avait compris. Julia n'a même pas daigné me répondre depuis son départ du mariage. Que cela soit à son arrivée aux Bahamas, à son retour ici, à son déménagement précipité… Aucune nouvelle durant des jours pour ensuite faire comme si nous nous étions quittées la veille.

Je serre les dents pour ne pas fondre en larmes.

— Excuse-moi, souffle-t-il en se précipitant vers moi.

Il m'entoure de ses bras musclés et je pose ma tête contre son épaule.

C'est étrange d'être proche de lui.

Comme si la situation m'empêchait de le voir tel qu'il est, un bel homme, plaisant et charmant.

— Tu as besoin d'un remontant, je crois…

Je lève les yeux vers lui. Ses joues bien dessinées en temps normal sont complètement cachées par la barbe hirsute qui pousse. Son manque d'entretien depuis ces derniers jours lui donne un air plus accessible. Le brun ténébreux, collectionneur de femmes, semble avoir pris un congé sabbatique.

Je suis en train de le regarder un peu trop fixement quand mon téléphone sonne.

— Sauvée par le gong, rigolé-je.

Dean ne réagit pas.

Je m'éloigne de lui pour décrocher, sans prendre le temps de voir le correspondant.

— Tara, je ne rentre pas avant longtemps. L'agence m'envoie sur un autre shooting.

Louis hurle quasiment dans le combiné et je suis obligée d'éloigner le smartphone de mon oreille pour ne pas finir sourde. Des rires féminins se distinguent derrière lui.

— Je t'embrasse, dit-il avant de raccrocher.

Un peu douchée de ne même plus lui servir de guide pour ses projets, je reste immobile, le téléphone à l'oreille, alors même qu'il a déjà terminé la communication.

Ce n'est que le bruit des pas de Dean qui me fait réagir. L'air plus jovial que d'habitude, il me tend un verre de whisky.

— Tu n'as jamais travaillé en boite de nuit, m'exclamé-je en constatant la dose chargée qu'il a versée dans mon verre.

— Non, incapable de mettre de l'eau dans un bon verre d'alcool. Je préfère en verser davantage, répond-il fier de lui.

Je le prends pour le porter à mes lèvres avant de le voir froncer des sourcils. Je l'éloigne, prête à l'attendre, ce qui semble lui convenir mieux.

Il observe le liquide ambré, pensif, avant de s'en servir un verre.

— À nos échecs, trinque-t-il ?

— À notre rencontre, renchéris-je.

— C'est vrai... Je suis heureux d'être ton...

Il ne termine pas sa phrase, préférant avaler cul sec le contenu de son verre. Je l'imite et ma gorge irradie sous la brûlure. Je tousse plusieurs fois et Dean ne manque pas de le faire remarquer.

— Tu es une petite joueuse, s'exclame-t-il.

Son air supérieur lorsqu'il dit ça m'oblige à réagir.

Je lui présente mon verre pour un deuxième round. Il le sert d'une nouvelle dose bien chargée et je me mords la langue discrètement. Je ne vais jamais pouvoir tenir longtemps ce rythme, pourtant, je n'ai pas l'intention de perdre face à cet arrogant, sûr de lui.

— Tu vas être étonné, me vanté-je avant d'avaler le contenu du deuxième verre.

La brûlure est comme je le pensais, moins intense. Je ne tousse qu'une seule fois et Dean fronce les sourcils, surpris de ma détermination.

Sans broncher, il avale son deuxième verre, les yeux rivés sur moi.

— Prêt ? lâché-je en tendant mon verre vide.

Hésitant, il m'observe, jugeant sûrement mon état.

Julia m'a peu parlé de l'alcool durant notre amitié, mais elle m'a expliqué une chose. Outre ses explications sur les dégâts que cela engendrait à long terme, avec les pertes de tissus cérébraux — en clair, comment devenir idiot — sur l'hippocampe avec les pertes de mémoire, le cervelet, la moelle et l'hypophyse, elle m'a également parlé du cortex frontal.

— Après dix minutes Tara, ce n'est plus toi qui parles mais l'alcool, m'avait-elle lancé alors que je rentrais d'une soirée bien arrosée.

J'avais levé les yeux au ciel, trouvant qu'elle abusait. J'avais à peine bu trois verres et je me sentais en pleine possession de mes moyens. Jusqu'à ce que je comprenne ce qu'elle tentait de me dire en voyant des vidéos de moi tourner autour de notre groupe d'amis.

— Le cortex frontal commande la maîtrise de soi et ton comportement en société… avait-elle dit en regardant mon air atterré, observant une fille, moi en l'occurrence, se déchaînant sur la piste de danse d'une manière vulgaire et inconnue.

La vidéo était courte, mais avait suffi pour me réveiller sur les effets de l'alcool sur mon comportement. Je n'avais donc que dix minutes pour gagner pour convaincre Dean que je n'étais pas une petite joueuse et m'éloigner rapidement de son corps.

Autant dire, mission impossible.

— Tu es sûre de toi ? m'interroge-t-il.

— Certaine.

Mon ton, sec et rapide, n'accorde aucun doute sur ce que je souhaite. Il me reste encore un peu de lucidité pour dire avec certitude que je suis en train de faire une bêtise. C'est drôle comme parfois l'être humain fonce joyeusement dans le mur, en sachant pertinemment la douleur que le choc provoquera.

Mon regard se perd sur le verre vide qui me fait face. Ai-je déjà avalé le troisième ? Le doute s'immisce et je grimace. Dix minutes... Ce minutage est trompeur ou le temps passe plus vite que je ne l'avais cru.

Dean rit. Je l'entends, je le vois et pourtant, je reste immobile. Ma raison se bat avec l'alcool. Le combat est perdu d'avance. Ma voix résonne dans mon esprit. Un peu plus aiguë qu'habituellement.

— J'ai gagné, dis-je triomphante.

Il est hilare maintenant, je me renfrogne. Oui, je suis plus susceptible lorsque j'ai de l'alcool dans les veines.

— Viens, conseille-t-il en me prenant le bras.

Je me dégage de sa prise pour rejoindre toute seule le canapé. Rien ne bouge de travers, mes pieds glissent naturellement sur le parquet et j'évite promptement la table basse.

Cela me soulage. Je ne suis pas ivre. Simplement, extrêmement joyeuse.

— Dévergondée, rajoute la petite voix moralisatrice de Julia.

Je l'ignore, elle n'avait qu'à bien vouloir me parler et se confier à moi, au lieu de jouer la James 2.0.

Dean s'affale à côté de moi, un verre dans la main.

— Tu n'as pas bu, remarqué-je choquée. Mais alors, j'ai vraiment gagné ?

Je sautille sur le canapé, contente face à cette victoire inutile. Un sentiment d'extase m'envahit et j'ai du mal à me calmer pour entendre la réponse de Dean.

— C'est plutôt mon quatrième, déclare-t-il.

J'écarquille les yeux, persuadée qu'il me ment. Sans réfléchir, je fonce sur lui pour attraper le verre. Si c'est vrai, hors de question qu'il le boive. Mon visage est à deux doigts d'entrer en collision avec son verre, de justesse il l'éloigne de nous, bras en l'air.

— Qu'est-ce que tu fais ?

Il rigole, sa bouche collée dans mes cheveux. Mes deux mains sont appuyées sur ses cuisses. Je relève légèrement la tête pour le regarder.

Notre échange visuel ne dure qu'un instant. Un fugace moment qui remplit l'air d'une électricité nouvelle. Mes lèvres humides d'alcool s'entrouvrent.

Ses deux mains se retrouvent autour de mon visage en un éclair. Le verre a disparu, ma raison aussi.

Nos bouches se rencontrent, se cherchent et se trouvent. Je sens sa langue, ses caresses et sa peau près de mon corps. Il m'attire contre lui et nos habits tombent par terre avec aisance.

À cheval sur lui, je perds la notion du temps. Je l'entends me susurrer des mots doux et mon esprit enivré les reçoit avec bonheur. Il se tortille pour attraper un préservatif quand il se stoppe net. Sur le sol, mon sac à main est ouvert.

Le petit bracelet fait lors de notre stage yogiste avec Julia pend à l'une des extrémités.

Son prénom et le mien y sont gravés.

On dit que certains éléments permettent à l'esprit de reprendre le pas sur l'alcool.

Julia en fait partie.

Tremblant, Dean me dégage lentement sur le côté, je ne le retiens pas. La vision de son prénom me bouleverse autant que lui. Sans me rasseoir à côté de lui, je reste à demi sur sa cuisse, nue et transpirante. La passion est redescendue et l'air se refroidit autour de nous.

— Je suis désolé, souffle-t-il en posant son visage sur ma nuque.

Je ris contre sa peau, comment peut-il être si parfait dans une telle situation. Mes larmes se mélangent à sa sueur. En silence, il me repose sur le canapé. Ses gestes sont doux. Le respect qui émane de lui me trouble et je m'en veux d'avoir réagi ainsi.

— Ne t'excuse pas, c'est moi… dis-je en cachant mon visage baigné de larmes.

Il n'insiste pas, posant mes fesses sur le cuir noir. Je m'éloigne de lui sans pour autant aller de l'autre bout. Ma nudité ne me gêne pas, j'ai simplement l'impression d'être une idiote.

— Cela m'arrive avec toutes les femmes, avoue-t-il. Depuis elle…

En temps normal, me comparer à toutes les femmes dans ce genre de situation ne me plairait pas. Mais ici, cela est différent.

— Elle a de la chance, soufflé-je.

Je pense mes mots. Aucun homme n'a ressenti ça pour moi. Je n'ai jamais su me rendre indispensable aux yeux d'un autre.

Tandis que lui, à chaque fois qu'il ouvre ses paupières, elle est là. Ses sens ne cherchent qu'elle. Il la fabrique, l'imagine et la rêve. Comme si chaque seconde de son amour ne suffisait pas.

Son pouce caresse mon nez rougi.

— Tu es magnifique, me complimente-t-il.

La sincérité que je lis dans ses yeux, contraste avec la douleur rejetée par ses prunelles.

La peine imprégnée dans sa peau me fend le cœur.

A-t-elle ne serait-ce qu'un semblant de conscience de ce qu'elle est en train de perdre ?

# Chapitre 7

**JULIA**
**31 août 2020**

Troisième personne qui me tombe dans les bras depuis que je suis arrivée dans le service. Un retour de voyages de noces et voilà que j'ai l'impression d'être une star. Le sourire jusqu'aux oreilles, j'accepte les félicitations de toutes parts, sans broncher. Je me doute bien qu'ils doivent bien parler dans mon dos, mais qu'importe. Aujourd'hui, je suis très heureuse.

— Quelle mine rayonnante, s'exclame l'une des plus jeunes puéricultrices.

Je cherche son prénom, persuadée qu'il commence par un M, quand elle continue sur sa lancée.

— Hawaii c'est ça ?

— Bahamas !

Elle hoche la tête faisant mine de ne pas être déçue de s'être trompée dans les ragots de couloirs.

Je la remercie une dernière fois et m'éloigne vers le service pédiatrique, espérant trouver Harold durant l'une de ses pauses, cajolant un de ses merveilleux nourrissons en manque d'affection.

Sauf qu'il n'y a personne.

Je n'ai pas encore repris le travail. Ce n'est que lundi prochain. *Une vraie épouse*, a rigolé Jean-Marc, responsable des plannings.

— Voilà que tu obtiens déjà les passes week-end quand c'est possible et à peine mariée ! Donne-moi ton secret… s'est-il exclamé après avoir eu le mail du directeur sous ses yeux.

Je ne lui ai pas révélé que cela venait surtout de James, de son envie de passer plus de temps ensemble et que son bras long avait été très efficace. Même à distance.

J'observe d'ailleurs ma montre et quitte la nurserie pour rejoindre ma voiture garée assez proche de l'aile ouest. L'heure a tourné si vite pour mon retour et les embrassades de collègues. *Ce lieu m'avait manqué tout de même*, avoué-je pour moi-même en observant le bâtiment dans le rétroviseur.

Si je n'ai pas trop de bouchons, je vais pouvoir arriver rapidement dans le quartier où travaille mon époux. *Quelle étrange sensation que de dire ça*, rigolé-je seule avant d'allumer la radio pour faire passer le trajet plus vite.

*** 

Je fais défiler nos photos de voyages de noces sur mon téléphone, tandis que j'attends James dans le hall de son immeuble. J'ai eu envie de venir lui faire une surprise en montant directement dans son bureau, mais Janette, sa secrétaire, n'a pas voulu.

Bien que je n'aie aucune confiance aux femmes travaillant autour de mon époux, je dois bien avouer que Janette n'a rien à voir avec les opportunistes ou profiteuses telles qu'Émilie.

Âgée d'une petite quarantaine d'années, elle travaille à la perfection pour ne plus encombrer les week-ends de mon cher et tendre. Première concession de James, moins travailler.

Bien qu'il fasse toujours des heures supplémentaires astronomiques, il se rend plus disponible lors de mes journées de repos, qui se comptent malheureusement sur les doigts d'une main. Lors de mes premières années de médecine, faire des gardes m'avaient paru la meilleure partie du travail. À l'heure actuelle, mon âge et mon avis ont évolué.

Bien que notre promotion d'interne ne soit pas mauvaise, je n'en peux plus d'être assimilée aux urgences à chaque fois que le docteur Fin le décide.

On dirait qu'il prend un malin plaisir à me faire payer les deux semaines d'absence que j'ai eues. D'autres font des messes basses à mon approche, racontant à qui veut l'entendre que James a des parts dans l'hôpital, ce qui m'a permis d'obtenir ces congés spéciaux.

Même si je dois sûrement à mon époux le coup de pouce final pour obtenir cette dérogation du directeur de l'hôpital, nous n'en avons jamais parlé.

Anxieuse de ne pas avoir le temps de manger en sa compagnie, je ne quitte pas du regard l'immense horloge intégrée au mur en face de moi. Les minutes défilent à une vitesse affolante sans que j'aperçoive la silhouette de James sortir des ascenseurs. Un peu désespérée d'avoir attendu vingt-quatre minutes sans nouvelle, je me rapproche de l'accueil.

J'ai eu Janette au téléphone avant mon arrivée, mais je feins de ne pas savoir quoi faire.

— Bonjour, je suis l'épouse de Jam…

Je n'ai pas le temps de finir que la secrétaire lève la main pour m'inciter à me taire.

Sans perdre mon visage aimable, j'imagine ma main appuyée sur le bouton de son fixe pour raccrocher face à son stupide correspondant.

Peu pressée de raccrocher, elle se met en tête d'aider l'interlocuteur, consciencieusement et très lentement.

Je tapote mes doigts sur le guichet, sans attirer son attention.

Après six minutes, plantée devant elle, je décide de changer de technique.

Mon sac à main sur l'épaule, je traverse le hall en direction des ascenseurs. Plusieurs personnes m'observent, intriguées de voir une femme en pantalon et basket se diriger vers les étages. En effet, je semble être la seule à n'avoir pas opté pour un haut en flanelle et une jupe taillée à la perfection, agrémentée d'escarpins horriblement inconfortables pour moi.

Je sais, quand je le veux, être élégante, mais ma tenue d'aujourd'hui a été choisie que pour siéger, durant vingt-quatre heures, dans un casier ridiculement petit, d'hôpital.

J'ignore leur regard mauvais et rentre dans la première cage d'ascenseur.

Comme je m'y attendais, des plaques explicatives aident le visiteur à choisir le bon étage.

Le cabinet de James est évidemment le seul à utiliser deux étages distincts. Je fais mine de ne pas être étonnée face aux couples à mes côtés et appuie sur le septième, espérant tomber sur le bon du premier coup.

L'ambiance feutrée me rappelle pourquoi je n'ai pas mis une seule fois les pieds ici depuis notre emménagement. Ce climat silencieux et à la fois bruyant, les regards souriants et froids des hommes de loi, les messes basses des avocates et les regards en biais de leurs collègues masculins. Rien dans cet univers ne me met à l'aise.

Le brouhaha de l'hôpital est bien plus rassurant qu'une telle atmosphère. Les portes de l'ascenseur s'ouvrent sur un univers tout aussi malaisant.

— Elena, s'exclame un homme dont les cheveux plaqués par de la gomina lui confèrent une allure d'un autre temps. Vous êtes venue avec Georges, quel plaisir !

L'envie de pouffer de rire face à sa bonhomie feinte à la vue du mari qui accompagne sa cliente me fait oublier ma gêne. Je m'éloigne de ces trois-là, pour rejoindre une magnifique salle d'attente, où j'aperçois plus loin, deux secrétaires, vivement occupées.

N'ayant pas envie de déranger, je zieute à droite et à gauche sur les portes dans l'espoir de voir le nom de James quelque part. Mon attitude, potentiellement louche de l'extérieur, attire l'attention d'une des secrétaires, raccrochant à peine avec son correspondant.

— Madame ?

C'est autant un appel qu'une question. Je m'avance vers elle, un sourire de circonstance plaqué sur les lèvres.

— Oui, bonjour. Je cherche mon époux. Il s'agit d...

— Julia ?

La voix mielleuse et surprise d'Émilie me fait grimacer. Est-il possible d'avoir aussi peu de chance que moi, pour tomber sur la seule femme que je déteste dans cet immeuble ?

Je pivote, pour observer la silhouette parfaite de cette avocate talentueuse. Une telle description ne peut sortir de ma bouche, mais de celle d'un homme, James par exemple.

Pour ma part, je lui trouve un air vulgaire dans sa jupe gris crayon un peu trop moulante. Son haut nacré est particulièrement échancré, ce qui est de fort mauvais goût pour une avocate… Et ses chaussures signées d'une grande marque parisienne comblent son style d'une touche d'arrogance sans nom.

En restant bien entendu, la plus objective possible.

— Vous cherchez James ? Il n'est pas là. Nous avons mangé en vitesse avant qu'il ne parte pour le tribunal. Une sale affaire. Je lui ai offert un coup de main pour préparer l'audience, vous voyez ce que je veux dire.

Je serre les dents, essayant farouchement de retenir les paroles vulgaires qui me viennent à l'esprit.

« Si je travaille moins, tu dois réussir à me faire confiance », a-t-il donné comme condition pour nos nouvelles bases.

Je tente de m'en souvenir quand je lui réponds, aussi aimablement que possible :

— James revient vers quelle heure ?

— Oh… Ce genre d'audience, vous savez…

J'ai envie de lui faire manger par ses racines décolorées sa façon de me faire comprendre que justement, je n'en sais rien. À la place, je lui offre un sourire entendu avant de m'enfuir dans la cage d'ascenseur. Et ce n'est pas un jeu de mots, j'expulse quasiment un homme sur mon passage pour parvenir à l'intérieur.

Le sang bouillonnant dans mes veines, j'hésite à envoyer un message incendiaire à James, mais je me ravise. La bêtise de cette femme n'est pas la faute de mon époux. S'il est effectivement en train de plaider, recevoir un message de ma part, légèrement agacé, ne risque pas d'être utile, et encore moins apprécié.

En temps normal, j'aurais envoyé un message à Tara pour lui demander de venir prendre un verre avec moi, mais je ne suis même pas sûre qu'elle accepte encore de lire mes messages.

Cinq jours sont passés, depuis notre petite entrevue rapide et pas la moindre ombre de nouvelles. Après tout, c'est elle qui a tenté de me cuisiner et non l'inverse, je ne vois pas pourquoi je devrais faire le premier pas.

Je descends de l'ascenseur sans savoir encore mon programme. L'estomac dans les talons, je réfléchis à prendre un repas rapide à emporter dans l'une des innombrables boutiques dans les rues voisines de cet immeuble.

Je sors sur le trottoir encore indécise, quand mon bras se lève, arrêtant un taxi. Sur un coup de tête, je lance l'adresse de mon amie.

Le chauffeur l'encode dans son GPS et m'y conduit. La circulation est dense et je regrette de ne pas avoir pris à manger avant d'entrer dans le taxi.

Espérant trouver Tara à son appartement, avec un frigo assez plein pour me nourrir ce midi, je patiente en défilant mes e-mails sur mon smartphone. Mon programme de garde est arrivé ce matin mais semble ne pas être définitif, certains titulaires participant à une grande conférence organisée ici, à Los Angeles.

— Il y a des travaux sur cette voie, m'indique le chauffeur en désignant une ligne sur son GPS. Je peux vous avancer ici si vous le souhaitez, mais cela nous oblige à contourner une grande partie des travaux... Je ne sais pas combien de temps cela peut prendre, grimace-t-il.

Pour qu'il ne s'avance pas, c'est que les travaux doivent être conséquents.

Comprenant qu'il me propose de terminer ma course ici, j'accepte. Marcher les quelques centaines de mètres qui restent sera bien plus simple que d'attendre bêtement les fesses sur un siège.

Sous le beau soleil, je ne vois pas les rues passer. L'exercice physique semble m'apporter une sérénité nouvelle, que j'apprécie de plus en plus. D'un bon pas, je traverse la dernière grande route avant d'arriver dans le quartier de Tara.

Des palmiers par dizaine, du béton blanc et des lofts rénovés s'étendent sous mes yeux. Je dois revérifier sur mon téléphone son adresse, ayant un doute avec ces copies conformes attachées les unes aux autres.

— 56.

Le fait de lire à haute voix permet de mieux retenir selon une étude, lue dans un magazine féminin. Rien de très factuel, mais qu'importe, si cela marche à cet instant.

Je lis les panneaux un par un et trouve enfin la logique de classement. Une fois dans la bonne direction, j'accélère à nouveau, voyant l'heure avancer rapidement.

Alors que je tourne à l'angle de sa rue, je m'immobilise. À une centaine de mètres, un homme à la silhouette familière sort de son immeuble. Le sourire aux lèvres, il attrape son téléphone et compose un numéro. Son inattention sur le monde extérieur me permet de me faufiler entre deux voitures pour ne pas être vue.

Un peu mal à l'aise, je vérifie que personne ne m'observe faire cet étrange manège. Mon teint devient cramoisi quand je vois un homme, en imper, fixer ma position, assis dans une voiture grise, un modèle passe-partout qu'on voit souvent dans les quartiers populaires.

Je lui offre un petit sourire timide qui ne le fait pas réagir. J'en conclus qu'il doit être perdu dans ses pensées.

Après un moment, cachée entre les voitures, je me redresse.

Le propriétaire de la voiture grise démarre au même moment, filant dans la rue à bonne allure. Son départ ainsi que la disparition de Dean m'offrent un sentiment de solitude.

Il reste encore une quinzaine de mètres à faire avant d'arriver à l'immeuble de Tara. Je sais maintenant qu'elle y est.

Sauf que ce n'est pas ça que je retiens. Je vois encore le visage rayonnant de Dean sortant de chez elle. Mon cœur se serre et je comprends bien mieux son attitude. Elle voulait simplement s'assurer que je ne tournerai plus autour de son nouvel amant.

Dégoûtée par son attitude et ses mensonges, je fais demi-tour.

Au vu de l'heure, je vais entamer ma garde avec l'estomac vide et les nerfs à fleur de peau.

# Chapitre 8

**TARA**
**9 septembre 2020**

J'observe mon salon en désordre.

Une vingtaine de jupes, des hauts colorés incalculables et de nombreuses paires de chaussures parsèment mon intérieur.

— Bravo Tara, te voilà bien avancée. Quasiment nue et avec un rangement sur les bras, marmonné-je en observant mon reflet, puis l'heure déjà bien avancée de la journée.

La visite de Dean a chamboulé mon programme déjà peu organisé et le dernier mail que je viens de recevoir n'arrange en rien mon angoisse.

Mon futur client potentiel tient à me rencontrer et cette information aussi inattendue qu'importante me rend fébrile.

*Tu as autre chose à faire que t'observer dans le miroir*, me rappelle ma conscience.

Je grimace, arrêtant d'observer mon nombril pour avancer dans mes tâches.

Prenant mon courage à deux mains, je suis le conseil de Dean et commence par taper un message adressé à Julia.

— Si tu attends qu'elle fasse le premier pas, cela ne marchera jamais. Qui te dit qu'elle ne fait pas la même chose de son côté ? a-t-il très justement laissé supposer le matin même.

— Et pourquoi n'a-t-elle pas le même raisonnement que toi en venant me reparler au cas où j'attends son texto… ai-je glissé.

— Tu m'as moi comme conseiller, et pour elle, c'est James qui a ce rôle. C'est assez simple de savoir qu'elle ne t'enverra rien, sous cet angle.

Son explication avait été plutôt très convaincante.

J'inspire, cherchant l'inspiration.

— Lance-toi, tu risques quoi, me motivé-je en cherchant son nom dans mes correspondants téléphoniques.

Je commence à rédiger le début du message, hésitante.

« *Coucou…* »

J'efface, trop familier pour le froid actuel. Je choisis de commencer le texto par son prénom, plus soft et impersonnel.

« *Julia. Nos moments toutes les deux me manquent…* »

Mes doigts restent dans le vide, pianotant un essai de message sans en être convaincue. J'aurais dû accepter l'aide de Dean pour l'écrire.

« *Pourrait-on se voir et parler un peu ?* »

Je ne suis pas sûre du résultat que j'espère obtenir avec si peu d'informations, mais je décide de ne pas trop y réfléchir. Mon pouce appuie sur la touche d'envoi et je pousse un soupir.

— Allez Tara, plus que deux messages et tu auras terminé la corvée de la rédaction des excuses.

Le suivant comporte l'altercation que j'ai eue avec mon dernier client Louis. Et même si je ne me sens pas en tort, Dean m'a poussée à faire profil bas et m'excuser, histoire de ne pas être mal notée.

Une technique hypocrite mais que j'ai décidé d'adopter pour ne pas perdre le seul emploi qui me plaît depuis des années.

Je le revois arriver dans mon appartement, à 9 heures du matin, comme chez lui. Pas une seule nouvelle de lui de la nuit, l'agence au téléphone toutes les heures pour savoir où il avait pu se perdre… Une inquiétude monstre pour finalement le voir revenir chez moi, au bras d'une jolie poupée inconnue.

— On visite quoi aujourd'hui ? avait-il lancé, un sourire niais plaqué sur ses lèvres.

Elle avait gloussé quelque chose d'incompréhensible et j'ai explosé. Telle une mère en furie, je lui ai expliqué, sans aucune diplomatie, qu'il n'était, d'une part, pas à l'hôtel et de deux, que je n'étais pas une guide touristique pour lui et sa gonzesse.

Ma réaction, peut-être légèrement excessive a fini par les mettre dehors. Une fin de contrat plutôt chaotique, qui pourrait me coûter ma place, selon Dean.

— Les clients sont toujours les rois, a-t-il grimacé quand j'ai voulu le faire rejoindre ma cause.

Je sais bien qu'il a raison, mais l'air hautain de ce jeunot et la bêtise de sa copine m'ont fait perdre pied… À cause de ça, du manque de sommeil et de l'inquiétude qu'il puisse lui être arrivé quelque chose de grave, j'ai craqué.

Maintenant, je dois réparer les pots cassés…

*« Louis… J'espère que tu es bien rentré chez toi. Je tenais à m'excuser pour ma réaction la dernière fois. Mary a l'air adorable et si vous revenez sur L.A, je me ferai un plaisir de me rattraper en vous montrant les derniers endroits branchés. »*

À peine le texto envoyé, je vois qu'il me répond. La tête me tourne de soulagement quand je lis sa réponse.

« *Ne t'inquiète pas, je t'ai bien notée à l'agence. C'est gentil, mais Mary et moi prendrons un guide officiel la prochaine fois.* »

Je ne peux m'empêcher de rire à sa pique. Je repose le téléphone pour rédiger le dernier mail. Le nom de ma mère s'affiche rapidement dans les brouillons et je constate que Dean a raison. Je suis vraiment en train de foutre en l'air ma relation avec elle.

Simplement par peur qu'elle devienne aussi envahissante que celle de Julia, je mets de côté la mienne. Plus difficilement, je couche sur le clavier mes pensées et mes sentiments à ma mère.

« *Coucou maman. C'est ta fille. L'ingrate qui ne prend pas assez de temps pour t'écrire. J'ai appris par Cloé que tu aimes beaucoup le nouveau centre. J'en suis ravie. J'aimerais te rendre visite mais le Canada est un peu loin de L.A... Nils m'a proposé de passer me prendre avant Noël pour être avec vous. Je ne sais pas encore si j'aurai des contrats à cette période mais si ce n'est pas le cas, ce sera avec plaisir.* »

J'inspire, avant de sécher les larmes qui coulent sur mes joues.

— Tu devrais peut-être en parler avec Julia, a proposé Dean avant de partir de mon appartement un peu plus tôt.

— Lui dire que ma mère est malade ? Non... Je n'ai pas envie de voir son regard rempli de pitié.

— Elle est médecin, elle comprendra.

— Ce qu'elle verra, c'est un diagnostic. Rien d'autre. Des faits, des chiffres et des constantes.

Il a posé son bras contre le chambranle de la porte, pour me regarder attentivement.

— Je n'ai pas vu ça moi.

Je sais qu'il se voulait rassurant, mais lui, ce n'était pas les autres.

— Tu ne vois rien comme les autres Dean. Je ne sais pas pourquoi tu as choisi médecine, mais cela n'a rien avoir avec les autres que j'ai pu rencontrer. C'est comme si tu sauvais les autres pour te sauver toi-même.

Il n'a rien répondu et m'a embrassé sur le front avant de sortir rapidement. Je n'avais jamais véritablement réfléchi à ça avant qu'on en parle. Mais il a cette empathie, si différente de mes autres amis. Je ne sais pas ce qu'il a vécu pour être comme ça. Mon instinct me dit que je ne le saurai probablement jamais et que c'est mieux ainsi. Parfois, certains secrets doivent rester ce qu'ils sont, des secrets.

« *J'ai envoyé une enveloppe à Justin. Il pourra te payer de nouveaux vêtements bientôt. Envoie-moi des photos, tu me manques. Je t'aime, ta fille, T.* ».

Je termine l'envoi en rajoutant son adresse mail, tout du moins celle que le centre où elle se trouve lui alloue et ferme l'ordinateur.

Fière, j'attrape mon téléphone pour partager ma joie avec Dean. À peine l'écran déverrouillé qu'il vibre à la réception d'un nouveau message.

La réponse de mon amie est rapide et concise.

**JULIA** : *En bas de chez moi, dans moins d'une heure ? Je termine ma garde.*

Je compose directement le numéro de Dean pour lui faire part de mon prochain rendez-vous.

— Ne parle pas de moi, me suggère-t-il. Si tu veux retrouver des liens à peu près normaux avec elle, ne prends pas ma défense. Cela ne changera rien de toute façon.

Je soupire, sachant qu'il a pertinemment raison. James reste l'ombre au tableau de notre amitié et je dois m'y faire.

— Tu crois que je devrais annuler mon rendez-vous de ce soir ? On sait jamais si…

— Il est à quelle heure déjà ?

— 22 heures. Son avion n'arrive qu'à 21 h 30… Le temps qu'il arrive et…

— Garde-le. Je doute que vous restiez des heures à vous parler vu comment tu m'as décrit votre dernier rendez-vous.

— Merci. Quel optimisme, rigolé-je.

— Toujours, avec moi.

J'ai dû mal à savoir si son ton est badin ou triste. Je préfère ne pas l'interroger de trop, déjà stressée par le fait de voir Julia dans moins d'une heure.

— Bon, j'y vais. Je te tiens au courant. Bon courage pour ta garde.

— Merci.

Il raccroche et je file me préparer.

# Chapitre 9

**JULIA**
**9 septembre 2020**

Les écouteurs dans les oreilles, je tape le sac de boxe que je viens de m'acheter. James risque de ne pas apprécier cet achat, privilégiant toujours la communication à la violence mais peu importe. Je rêve de m'offrir un de ces petits joujoux depuis des mois et j'en avais extrêmement besoin.

Mes phalanges touchent le tissu épais qui recouvre le sable et je grimace. Le vendeur n'avait plus de gants à ma taille et j'ai dû opter pour une commande express, qui doit arriver courant de la semaine, trop tard pour vider mes émotions négatives.

Je revois la tête satisfaite et mesquine de Fin, m'annoncer que je ne serai sur aucune des opérations programmées dans la journée. Un coup bas sachant que je suis la seule interne à n'avoir pas mis les pieds en cardio depuis des mois. Est-ce une vengeance par rapport à Dean ? On dit que Fin n'a pas d'amis mais je commence à penser le contraire.

Je hurle de rage en balançant mon pied gauche sur le sac. Un bip me fait relever la tête, 7 h.

Tara devrait bientôt passer. Elle qui croit que je me dépêche de finir ma garde pour la rejoindre. La haine qu'elle me provoque à son tour m'oblige à offrir au sac son lot de coups. Mes mains tapent au rythme de la chanson de rap qui passe à la radio. Je n'en connais pas les paroles et je suis trop bruyante pour les comprendre. Qu'importe, je parais être dans le thème. Des mots comme *trahison*, *blessure* et *combat* ressortent de la voix grave du chanteur.

— Tu n'as pas l'air en forme, avait lancé Nina en me regardant arriver à l'hôpital, seulement quelques heures après avoir vu Dean sortir, un sourire béat sur les lèvres, de l'immeuble de Tara. Mon amie, tout du moins, c'est ce que j'avais cru.

Ma mère m'avait bien dit que Tara avait beaucoup parlé à Dean après le mariage, mais je ne pensais pas que c'était allé plus loin. Au lieu de me réconforter après le mariage le plus horrible de l'histoire, elle a préféré consoler celui qu'il l'avait fait voler en éclats. Quelle amie fait ça ? Dites-moi !

La rage me fait blanchir une nouvelle fois les phalanges sur le cuir. Le vendeur a voulu me refourguer un de ses jouets pour enfants en toile souple, sauf qu'il ne sait pas à quel point j'ai besoin d'un partenaire solide face à moi.

J'ai besoin qu'il soit rigide, résistant à l'abrasion et aux coups.

— Lâche, hurlé-je.

Mon genou choque la matière rigide au même moment, imaginant le visage de Dean s'afficher sur le cuir. Lui qui n'ose même plus relever la tête en me croisant dans les couloirs de l'hôpital. Puis, celui de Tara, feignant de ne rien savoir sur ma situation.

Les coups pleuvent et je suis obligée de m'arrêter quand ma chair devient douloureuse sur chacun de mes membres.

Je risque de me promener un moment avec des hématomes sur le corps, à ce rythme-là.

Souhaitant ne pas avoir une discussion à propos de la violence et des manières alternatives pour régler mes conflits internes, je range le sac dans un carton que j'ai trouvé dans la rue en rentrant. Il est suffisamment grand pour camoufler mon nouvel achat que je traîne dans le cellier, endroit où James ne met jamais les pieds.

Je cours dans l'escalier pour passer sous la douche en vitesse. Ce n'est pas pour Tara, mais j'ignore l'heure à laquelle il peut rentrer de sa réunion tardive et je n'ai pas envie d'avoir une remarque sur ma tenue de sport pleine de sueur.

Il sait aussi bien que moi que l'effort physique n'a jamais été jusqu'à aujourd'hui un besoin chez moi.

Mais ça, c'était avant de devoir évacuer autant d'ondes négatives qui rôdent autour de moi. Mes cheveux restent attachés en un chignon lâche sur le sommet de mon crâne, le temps de passer un rapide coup de jet d'eau sur mon corps. Ma peau est bouillante et j'opte sur le froid de la molette pour baisser la température qui risque de remonter en voyant le visage de mon amie, que je considère comme une traître.

J'entends un bruit en bas quand j'enfile une tenue confortable.

Mon jogging large, spécialement pour mes journées dans l'appartement, recouvre la petite culotte en coton simple que j'ai enfilée. Aucune envie d'être sexy pour parler des ébats de Dean et Tara. J'ai suffisamment d'images en tête depuis des jours, m'offrant des nausées sans relâche. Le sweat d'université de médecine est un choix stratégique, pour lui faire comprendre que Dean est exactement comme tous les étudiants que j'ai rencontrés. Un coureur. Rien d'autre.

— J'arrive, crié-je en descendant les escaliers.

La manière dont les ouvriers ont réaménagé le loft me convient tellement plus qu'avant. Je n'ai plus l'impression d'avoir un demi-étage. Les portes ne sont plus des sas, mais bien des protections pour une intimité respectée. La chambre est notre cocon et personne d'autre n'y mettra les pieds. James me l'a promis et j'y crois.

Tara ne sait pas à quel point notre voyage aux Bahamas l'a changé. Il n'est plus le même homme et je n'ai pas besoin de leur morale pour le savoir. Je le connais, contrairement à eux.

Je détache rapidement mes cheveux qui tombent en légères boucles sur mes épaules, avant d'appuyer sur la poignée pour laisser le loup entrer dans la bergerie.

Mon amie a le visage tiré par la fatigue, mais un air serein sur le visage. J'ai envie de lancer les hostilités tout de suite mais je me retiens.

J'ai envie de savoir jusqu'où elle est capable de me mentir pour obtenir des informations.

— C'est joli, souffle-t-elle en avançant dans le nouveau vestibule.

J'acquiesce, sans cacher ma fierté sur le résultat de la nouvelle décoration du loft. Ses yeux passent d'un coin à l'autre. Elle émet parfois un petit sifflement impressionné ou de petites onomatopées positives avant de se stopper dans le salon.

— Tu veux boire quelque chose ?

Ma politesse n'est pas feinte, j'ai été bien élevée et mes manières ne changeront pas.

Une orangeade lui convient et je pars chercher une carafe et deux verres.

Les glaçons tintent dans le verre tandis que je pose le tout sur la table basse.

Tara m'observe, silencieuse.

L'envie d'aborder les sujets fâcheux semble être des deux côtés.

— Tu sais qu'il…

Tara s'arrête dans sa phrase, hésitante.

— Oui ? l'incité-je.

— Dean aimerait avoir de tes nouvelles, souffle-t-elle avant de plonger ses lèvres dans le verre que je viens de lui servir.

L'information a dû mal à passer. Est-elle vraiment en train de supposer que je reprenne contact avec lui après ce que j'ai vu l'autre jour ?

— Tu es sûre ?

Je peine à articuler cette simple question.

— Oui. Enfin… Je ne sais pas vraiment si vous…

Son malaise est si visible que je ne prends aucun plaisir à continuer ce petit manège.

— Je sais que tu le vois Tara, lâché-je en m'installant plus confortablement sur le canapé pour observer sa réaction.

— Il te l'a dit ?

Son air atterré vaut au moins cette comédie jusqu'à l'orangeade. L'idée qu'il puisse me le dire, sans la prévenir, ne paraît pas lui plaire.

— Non. Je n'ai pas eu besoin de ça pour comprendre.

— Comprendre ? De quoi parles-tu ?

Ses deux sourcils arqués et sa bouche pincée, elle joue parfaitement l'attitude de celle qui ne comprend visiblement rien à la situation.

Sauf que cela ne marche plus. James m'a déjà mis en garde sur mon amitié avec elle. Je lui avais assuré que Tara ne voudrait jamais me faire du mal, j'ai eu tort.

— Je l'ai vu sortir de chez toi, l'autre jour. Il n'avait pas l'air d'avoir besoin de moi, rajouté-je.

— Ce n'est pas ce que…

— Ce que je crois ? Arrête de vouloir penser à ma place.

James avait raison.

— James, souffle-t-elle. Parlons donc de ton parfait époux qui pense beaucoup à ta place justement !

— On dirait les paroles de Dean !

— Peut-être parce qu'il a raison, tu y as pensé à cette possibilité ?

Ses yeux lancent des éclairs tandis que je reprends mon orangeade dans les mains pour éviter de m'énerver à outrance.

— Arrête de parler de ce que tu ne connais pas, répondis-je sèchement.

Contre toute attente, elle se met à rire. Celui-ci est ironique et agaçant.

— Sérieusement ? Tu n'as que ça comme défense ? Parce qu'effectivement, je n'ai jamais eu ta version. Le seul qui a remarqué que j'existais toujours, ça a été Dean.

— C'est pour ça que tu l'as mis dans ton lit ? Pour le remercier ? asséné-je.

Elle accuse le coup bas que je viens de lui envoyer sans broncher.

— Tu as couché avec lui, non ? insisté-je.

Elle baisse la tête honteuse ou mal à l'aise. Pensait-elle véritablement que je ne devinerais pas ça ? Je vois ses poings se resserrer sur son jean moulant.

— Ose me dire le contraire ! craché-je essayant d'avoir une réponse de sa part.

Elle secoue la tête de droite à gauche. Je suis prête à recommencer mes attaques quand elle lève son visage vers moi.

Ses yeux sont noirs de geai et sa bouche s'applique à articuler sa réplique assassine :

— Tu n'as rien à me dire Julia. Tu es une femme mariée. Je pourrais épouser Dean et même avoir des enfants avec lui que tu n'aurais rien à dire.

J'écarquille les yeux et recule d'un pas.

La douleur ouvre mon cœur pour le couper en milliers de morceaux.

Tara bégaye en prenant conscience de ses paroles.

— Sors, soufflé-je, en prenant mon visage entre mes deux mains, imaginant des enfants aux visages de Dean et elle.

Des adorables bébés qu'elle pourra porter et que...

Les images s'estompent pour me protéger et je rouvre les yeux, pour fixer celle qui vient de franchir la dernière limite de notre amitié. Elle est immobile, la bouche à demi ouverte, hébétée de la tournure de nos retrouvailles.

— DÉGAGE.

Mon ton est menaçant tandis que je me mets debout, le doigt braqué vers la porte d'entrée. Tara comprend l'ordre et la menace dans ma voix et s'en va, sans un mot de plus.

Des larmes de rages s'écoulent tandis que j'entends la porte claquer. Déboussolée, je préfère partir me coucher tout de suite avant de croiser James. Comment pourrais-je lui expliquer la situation sans l'entendre descendre une énième fois Dean et Tara. Même si la trahison de mon amie me déchire le cœur, je n'ai pas envie qu'il en rajoute.

# Chapitre 10

**TARA**
**9 septembre 2020**

Je sors du loft refait à neuf de Madame La Rage au Ventre. Comment peut-elle être aussi bête ? Ne pas lui avoir démenti d'avoir couché avec Dean était peut-être idiot de ma part, mais elle le mérite bien. Pas une seule minute, elle n'a imaginé que James pouvait être le responsable de cette situation. Il ne lui a fallu que traverser l'océan pour lui retourner le cerveau. Sauf que Dean aussi l'a fait.

Sans une seule bonne raison pour le faire, il a pris un billet pour les Bahamas, espérant pouvoir lui parler droit dans les yeux.

Mais la vie n'est pas un film au scénario déjà tracé. En arrivant, il a paniqué. Ne serait-ce pas trop de se pointer en face d'elle pour lui dire toutes les vérités qu'il tait, même à moi ? Je ne sais pas pourquoi il n'a pas osé faire ce pour quoi il était venu. En tout cas, il a perdu le seul créneau pour lui faire ouvrir les yeux. Maintenant, elle semble simplement avoir subi une lobotomie par son mari.

— Tu veux qu'on se voie ?

La proposition de Dean au téléphone est alléchante. Une soirée alcool, à ruminer sur l'ancienne Julia et des séries aussi débiles que violentes en fond. Un programme que j'aurais accepté avec plaisir si je n'avais pas déjà dit oui à l'annonce. Pour une fois, mon client veut me rencontrer avant de signer. À vrai dire, j'ai l'impression que l'argent n'est pas un problème pour lui et faire un aller-retour pour faire ma connaissance doit lui paraître normal.

— Non, je dois me préparer pour le rendez-vous avec le potentiel client. Tu sais je t'en ai parlé et…

— Vas-y, me coupe-t-il, une voix compréhensive pour compléter sa réponse.

Sans lui dire, je le remercie mentalement d'être aussi présent et de bons conseils ces derniers jours.

Est-ce normal d'avoir autant de mal à dire aux gens que j'aime ce que je ressens ? Si j'écoutais mon frère psychologue, assurément. Mais avec lui, qui n'a pas un problème…

Je repousse les difficultés avec ma fratrie dans un coin de ma tête pour me concentrer sur ce qui arrive. Une fois chez moi, je monte quatre à quatre les escaliers pour atteindre la salle de bain de mon appartement.

Mon brushing a tenu, vu le peu de temps que je suis restée chez Julia, cela ne m'étonne pas. Il n'est pas encore 21 h…

Je réfléchis à ce que je peux faire. Y aller en avance me paraît la meilleure option. Après tout, cela fait toujours meilleur effet de venir plus tôt qu'en retard à un rendez-vous professionnel. Et appréhender les lieux pourra me rendre un peu moins nerveuse qu'à l'heure actuelle.

Décidée, je sors de mon appartement avec mon sac à main.

Tout le long du trajet, je cogite.

Parler à ma mère pourrait me faire du bien, mais je n'ai pas envie de ramener les problèmes de famille dans ma vie. Depuis que je suis à Los Angeles, j'ai enfin un semblant de vie normale.

— Tu ne sais plus ouvrir ton cœur, m'a reproché Justin encore le mois dernier.

Comment peut-on être psychologue et borné à la fois ? Il cherche toujours à psychanalyser mes réactions et mes mots, comme si j'étais encore cette enfant bien écorchée par la vie.

Le temps a filé et je n'ai aucun problème à aimer, je ne tombe simplement pas sur le bon.

Pour une fois, ma mauvaise foi fait peur.

En temps normal, je serais complètement à l'opposé de l'opinion de mon frère, mais aujourd'hui, je suis obligée de lui donner en partie raison.

Il faut avouer que j'appréhende ce rendez-vous, bien plus que tous les autres, et je ne sais pas pourquoi. J'ai déjà travaillé avec des personnes ayant un handicap et cela n'a jamais été un souci.

Je tente de me raisonner, en m'assurant que ce rendez-vous sera comme les autres.

J'ai dû passer deux heures dans la salle de bain avant de me souvenir qu'il ne me verrait pas. Est-ce impoli de mettre du parfum ou au contraire, cela remplace le maquillage pour un aveugle ? J'ai des dizaines de conseils ridicules qui me viennent à l'esprit. Les forums sur le sujet n'ont pas aidé. Je n'ai aucune idée de l'attitude que je dois adopter.

— Sois toi-même et il signera à coup sûr, a lâché Dean quand je lui ai résumé la situation.

Je n'ai pas osé lui dire qu'avec mes clients, je joue toujours un rôle. Mais comment savoir qui nous sommes véritablement quand nous ne l'avons jamais été ?

Je m'interroge sur cette question existentielle quand je tourne au coin de la rue que l'agence m'a indiquée.

L'adresse sur le mail désigne un bar d'allure country, plutôt moderne et que je ne connais pas.

Cela ne fait pas bon genre d'avoir déjà une lacune qu'il n'a pas. À moins que cette adresse soit une proposition de l'agence ?

Peu sûre de moi, je pousse la porte mélangée de bois et de verre devant moi. Un petit fer à cheval en bois montre que le lieu est ouvert. Une atmosphère douce sur un léger fond de musique country m'entoure. Le lieu est propice à une première rencontre, pensé-je en tournant sur moi-même. Des attrape-rêves et des santiags décorent l'endroit.

J'inspire, soulagée de ne pas trouver un lieu bruyant ou gênant, et m'installe à la première table libre. D'où je suis, je vois le reste de la pièce et le comptoir où des dizaines de bières sont exposées.

*Un verre et pas plus, Tara*. Mon mantra du matin devient de moins en moins assuré.

Après la discussion houleuse avec Julia, l'envie de boire un peu trop n'aide pas.

— Rester sobre et digne.

Je dis ça assez fort, provoquant l'hilarité de la barmaid. Je lui fais un timide sourire, heureusement, il n'est pas encore là.

— Mademoiselle ?

Un homme interpelle la serveuse ce qui l'oblige à retrouver son sérieux. Ce dernier doit faire à peu près 1,90 m et sa tenue me fait penser à la plupart de mes clients. Cependant, il a ce petit plus dans le sourire qui déclenche souvent la réussite dans le mannequinat.

Le charme également de la simplicité comme j'aime l'appeler.

— J'ai rendez-vous avec une jeune femme dans une heure... Et j'aimerais qu'elle se sente à l'aise avec moi. Comment vous dire...

Il accompagne son hésitation d'un mouvement de main pour attraper ses lunettes de soleil. Ses yeux se plissent sous les néons et je reste bouche bée sur la suite de sa phrase.

— Je ne vois rien.

La serveuse qui faisait son possible pour le charmer par une attitude suggestive se retrouve gênée face à lui.

— Ne vous inquiétez pas, cela fait souvent ça la première fois qu'on me rencontre, s'amuse-t-il en imaginant parfaitement le visage décomposé de son interlocutrice.

Je n'ai rien à dire, le mien doit être plutôt identique. Je ne sais pas à quoi je devais m'attendre, mais certainement pas à ça.

Comme s'il avait entendu mes pensées, je le vois pivoter vers moi. Un sourire aux lèvres. Telle une enfant, je retiens ma respiration avant de m'adresser à lui.

— Enchantée, Simon.

# PARTIE 2

# Chapitre 1

**HAROLD**
**24 septembre 2020**

— Chéri ?

La voix de ma douce et exigeante femme se répercute dans le salon.

— Oui ?

— Tu as pris un sac pour te changer ? Je te rappelle que nous sommes invités chez les Cumons ce soir.

Je soupire, encore un repas mondain avec nos voisins barbants.

Je pense à Eliot et à ce que Dean m'a dit hier.

— On ne peut pas repousser, j'en ai marre de cavaler à droite et à gauche alors que…

— Ah non ! s'exclame-t-elle en débarquant, les mains sur les hanches, les cheveux pleins de bigoudis, dans le salon. Je n'ai pas l'intention de briguer un deuxième mandat et faire ma campagne municipale seule ! La dernière fois, j'ai bien voulu entendre que ton travail était important mais j'en ai assez de devoir expliquer tes absences à répétition. Bientôt, ils vont croire que tu n'habites plus ici, dit-elle visiblement énervée.

— Qu'est-ce qu'ils peuvent bien en avoir à faire d'où je dors ?

Elle serre la mâchoire puis se décontracte, et ceci plusieurs fois. C'est le coach qu'elle a embauché pour sa nouvelle campagne qui lui conseille cette technique, au moment où la tension nerveuse se fait trop importante.

— Harold, je ne t'ai jamais interrogé sur tes sorties depuis plusieurs dizaines d'années. Je me fiche de jouer l'amoureuse effarouchée à tes côtés quand tu racontes tes exploits médicaux. Qu'importe qu'on raconte partout que je n'étais pas assez bien pour être mère. Je n'ai que faire des ragots de bas étage qui crachent sur notre vie et qui sont souvent près de la réalité. Je ne te demande qu'une seule chose, bon dieu. Une seule ! Tu m'accompagnes à des dîners, tu dis être fier de moi, que m'épouser était une des plus belles idées de ta vie et que tu as confiance en mes nombreuses qualités pour ma réélection à la place de maire, rien d'autre. Je veux six mois d'attention. Rien de plus.

Son monologue terminé, elle fait volte-face, me laissant sécher sur place.

J'ouvre la bouche avant de la refermer, complètement perturbé. Il est rare que mon épouse me parle de cette manière.

— Hunny, soufflé-je pour l'attendrir.

Elle n'a jamais aimé que je la nomme par son prénom, trop impersonnel selon elle. Dès notre première rencontre, j'ai constaté qu'elle vouait au miel une véritable passion, ainsi son surnom est arrivé naturellement.

— Oh non. Pas ce petit ton d'excuse. Je n'ai pas envie d'entendre de salades, pas à mon âge. Si tu veux te faire pardonner, tu pars travailler et tu reviens à l'heure pour notre dîner, tranche-t-elle.

Je n'ai même pas pu traverser la pièce pour la rejoindre et jouer mes dernières cartes. Je fronce les sourcils, a-t-elle toujours été si directive ?

Si elle gagne les élections dans notre ville, chose dont je ne doute pas, elle va briguer son deuxième mandat. Même si nous n'avons rien à voir avec Los Angeles en superficie, Costa Mesa reste une banlieue d'un peu plus de 100 000 habitants, sans dépasser l'extravagance des millions et des quartiers de stars.

Néanmoins, son poste lui impose des journées dignes d'un travailleur à temps complet et les repas mondains qui accompagnent le grade.

— Promis, dis-je en attrapant ma sacoche et le sac de sport contenant mes affaires pour la soirée.

Je claque la porte et attrape les clés de la voiture sur le mur intérieur de notre garage. Le joli SUV que je me suis offert pour mes 60 ans brille de mille feux.

— Partons sauver des vies, lancé-je joyeusement.

Mon père m'avait dit une chose.

— Mon fils, il est impossible que tu aimes plus de vingt ans ta femme, encore moins tes enfants qui te feront regretter dès leurs premiers pas de t'être oublié un instant de trop. Ce qui compte surtout, c'est de te lever chaque matin en allant au boulot, le sourire aux lèvres. C'est là-bas que tu passeras les meilleures années de ta vie.

Il ne m'a jamais dit une chose plus vraie que celle-ci. Depuis que j'ai quitté l'armée, je savoure chaque jour comme si c'était le dernier, remerciant le ciel de pouvoir apporter de l'aide aux autres. Les enfants n'ont pas fait partie du tableau et cela m'importe peu. Je suis déjà l'heureux oncle de fripouilles, bien vivantes et exubérantes. Quand je repense au conseil de mon père, je ris en constatant qu'en effet, il n'y a jamais eu d'amour entre lui et ma mère, de la même manière qu'entre lui et mes frères.

Dans mon cas, c'est différent, j'ai obtenu une sorte d'amour pour avoir embrassé la même carrière que lui. Le seul héritage qu'il a été fier de léguer.

Je mets le contact et sors de notre petit quartier tranquille. En passant devant la maison des Cumons, je lâche un vieux soupir résigné. Si elle y tient vraiment, je vais y aller à cette énième soirée, même si mon cœur et mon esprit resteront à l'hôpital.

Plusieurs infirmières de garde, la nuit dernière, m'ont laissé des messages. L'état d'Eliot empire. C'est en pensant à lui que je me faufile dans la circulation dense de la banlieue de Los Angeles. Mes gestes sont automatiques et je prends la bonne sortie quand la radio sonne l'heure des informations du matin.

« *Une belle journée à L.A. N'oubliez pas qu'une partie du périph' est fermée toute la journée. Gros travaux. Aujourd'hui, on abat le pont !* »

Cette nouvelle semble réjouir le journaliste et le débat s'élance sur l'utilité ou non de refaire toute cette portion de route aux frais des contribuables.

J'écoute les chroniqueurs d'une oreille distraite et ne parviens pas à me forger une réelle opinion à la fin. J'éteins la radio à la vue du toit de l'hôpital au loin. Les derniers mètres en silence, j'inspire pour me mettre en condition. Je gare ma voiture sur le parking, non loin de celle de Julia. Je fronce les sourcils. Que fait-elle ici ?

Le service est bien moins sympathique à vivre depuis son retour de noces. Dean est un zombie fuyant, Julia une porte de prison et le personnel ne fait que se mêler de leur histoire en choisissant arbitrairement leur camp.

Je sors de mon véhicule pour m'approcher de la voiture pour être sûre qu'il s'agit bien de la sienne. Un coup d'œil sur les sièges en cuir, l'intérieur, personnalisé par son riche époux, m'assure qu'il s'agit bien de son SUV.

Circonspect, j'avance vers l'hôpital, sentant que la journée risque de ne pas être de tout repos.

Je prends mon service en apprenant que Mathias, mon plus jeune patient, est sur le point de sortir. Heureux de cette belle nouvelle, je décide de passer dans sa chambre en premier pour lui dire au revoir, ainsi qu'à ses adorables parents. Même s'il est majeur, je trouve que la présence de sa famille reste un élément important pour continuer son combat. Peu ont cette chance et cela me désole.

— On m'a dit que tu avais encore gagné champion ! lâché-je en rentrant, imitant un drôle de mouvement sur le côté que j'observe chez les jeunes.

— Mauvais dab Harold ! s'amuse-t-il.

Assis sur le lit en tailleur, il est déjà habillé malgré la journée à peine démarrée.

Ses bras sont couverts jusqu'au haut du poignet, mais j'y devine encore une fois les bleus récurrents que les transfusions sanguines provoquent. Mon jeune patient est atteint d'une pathologie hématologique rare, le syndrome d'Evans.

Son sang en est affecté et son système immunitaire se retourne contre certains éléments vitaux de l'organisme, catégorisant ce syndrome de maladie auto-immune. Une véritable saloperie que le corps médical n'arrive encore pas à comprendre parfaitement.

Même si Mathias est un battant, ce syndrome provoque chez lui une asthénie récurrente et des hémorragies importantes, l'obligeant à revenir souvent ici pour se faire transfuser.

Mes collègues l'ont accueilli dans un état catastrophique selon les bruits de couloir. C'est dans ces rares moments que je suis content de ne pas être toujours à l'hôpital. Je préfère le voir comme ça, le sourire aux lèvres et l'air requinqué.

— Le docteur va me laisser sortir, m'annonce-t-il visiblement heureux de cette nouvelle.

Je fais mine de l'apprendre de lui et il semble être fier de me le dire en premier.

— Je te laisse champion, on se revoit le moins vite possible, lancé-je.

— L'année prochaine au minimum, assure-t-il.

Le pourcentage de chance que cela se révèle vrai n'est pas haut, mais je l'espère du fond du cœur quand je quitte la pièce. À la chambre suivante que je visite, je m'arrête à l'entrée. Sékou, un homme de 23 ans, atteint d'une leucémie, est endormi. Un papier est sur la porte.

« *Mauvaise nuit.* »

Les filles de garde cette nuit m'ont glissé rapidement qu'il n'allait pas bien et cela se confirme. Sékou vient régulièrement ici pour traiter son cancer. Sa chimiothérapie se passait bien jusqu'à ce qu'il reçoive une greffe et qu'il contracte la maladie du greffon.

À la suite de sa greffe de cellules souches allogéniques, il a développé la MGCH. Elle survient lorsque les lymphocytes du donneur s'attaquent par erreur aux cellules normales du patient. Elle peut être bénigne jusqu'à potentiellement mortelle selon les cas.

Sékou n'est pas encore dans un état critique, mais il a dépassé le stade modéré pour rejoindre celui de grave.

Personne ne le lui a encore annoncé. Le médecin ne devrait pas tarder à le faire. Je décide de refermer délicatement la porte pour le laisser se reposer, je peux changer l'ordre de mes visites pour lui permettre de reprendre des forces avant les révélations compliquées qui l'attendent.

Mes visites s'enchaînent et je ne vois pas la matinée passer. Je m'apprête à prendre un plateau-repas quand Dean arrive à ma droite, essoufflé.

— Quelle journée, j'aurais bien eu envie d'un infirmier comme toi aujourd'hui. Plutôt que des jeunes qui paniquent au moindre souci, grommelle-t-il.

Dean est l'un des premiers titulaires que j'ai véritablement apprécié. Nous avons tissé des liens sans nous en rendre compte et malgré son air bourreau des cœurs, je l'apprécie.

Il me fait penser à ce fils que j'aurais pu avoir. Son regard coquin exprime une intelligence développée et une histoire peu commune. Je n'en sais pas beaucoup sur lui, comme tout le monde ici. Il est du genre à distiller des informations comme bon lui semble. Chaque anecdote est pensée et cela ne me dérange pas. Certains lui reprochent un manque de spontanéité et de sincérité, je ne suis pas d'accord. Je pense simplement qu'il sait, comparé aux autres, faire la part des choses sur le passé, le présent et le futur, autant que sur le personnel et le professionnel.

Me concernant, aucune infirmière ou infirmier n'est au courant de mon attachement particulier à Eliot et il en restera ainsi jusqu'à son départ. Tout comme je n'ai jamais ramené ma femme au pot de départ ou d'arrivée d'un collègue.

Dans ce milieu spécifique, il faut savoir ne pas mélanger les sentiments au risque de finir comme Dean aujourd'hui.

L'homme au cœur de glace et aux précautions incroyables n'a pas vu venir la tornade Julia.

En seulement quelques mois, elle lui a retourné le cerveau, emmenant sur son passage tout ce qu'il avait mis si longtemps à construire.

— Tu vas bien ? demandé-je en terminant le choix des aliments sur mon plateau par un morceau de pain.

Il hausse les épaules et je comprends que je n'aurai pas une meilleure réponse aujourd'hui.

Ses doigts sont un peu amochés, ça aussi, je fais semblant de ne pas le voir. Si le chef de service avait vent des activités de boxe de son chirurgien cardio principal… Il aurait de sacrés soucis.

Nous mangeons dans un silence quasi religieux, ce qui ne me dérange pas. Le brouhaha permanent d'un hôpital peut rapidement fatiguer si on ne s'accorde pas des moments de calme.

Je quitte en premier la table, ayant du travail qui m'attend.

Dean reste immobile à mon départ et j'imagine qu'il ne va pas manquer d'éviter tout le monde comme il le fait depuis plusieurs semaines. Je dois être le seul à qui il adresse encore quelques mots ici.

Je cours vers les ascenseurs pour prendre celui qui s'apprête à partir. La femme à l'intérieur me dit quelque chose. Grande et brune, un tailleur moulant et des escarpins à faire tomber à la renverse les infirmières après une garde complète. Aucun doute, elle part dans les étages supérieurs de l'hôpital. Le coin des bureaux et de la paperasse.

Un peu rêveur, j'oublie d'appuyer sur mon étage et je me retrouve à observer les portes de la cage s'ouvrir sur le dernier étage où la fameuse inconnue sort prestement, d'une démarche chaloupée, loin de l'efficacité de nos services.

Je m'apprête à appuyer sur le bouton de l'ascenseur quand je remarque la voix du directeur.

— C'est un plaisir de te revoir ici, James. Merci de m'avoir prévenu.

— Merci à toi de m'avoir écouté, s'exclame un homme que je reconnais bien pour avoir eu la description un million de fois de la part de Dean et avant de Julia, même si elle n'était pas exactement la même d'un côté que de l'autre.

— C'est normal. Tu as toujours été de... bons conseils.

Il est évident que de nombreux sous-entendus flottent dans ces derniers mots entre les deux hommes. Ils s'échangent un regard entendu et se quittent sous une nouvelle poignée de main. J'ai beau appuyer plusieurs fois sur le bouton de mon étage, je vois James s'avancer trop rapidement vers la cage pour la louper.

Les portes de l'ascenseur commencent à se refermer quand il accélère légèrement sa marche pour appuyer sur le bouton d'appel. L'effet est immédiat. Les portes se rouvrent et je le vois se poser à côté de moi sans un bonjour.

Ma langue me démange, mais je ne préfère rien dire. Je sais au moins pourquoi la voiture de Julia est sur le parking. Elle n'a pas été utilisée par mon amie, mais son mari.

Je prie pour que Dean ne le croise pas.

Mal à l'aise, je regrette de ne pas être comme toutes mes jeunes collègues, un téléphone portable dans la poche, prêt à servir dans n'importe quel moment d'attente.

Ainsi, je n'aurais pas cette horrible sensation de n'avoir rien à faire d'autre que d'ignorer cet homme, paraissant sûrement très mal poli.

Sauf que faire comme si de rien n'était après avoir eu une partie de la version de Dean m'est impossible.

— Excessivement lent cet ascenseur, râle-t-il dans sa moustache imaginaire.

Sur ce point, je suis complètement d'accord avec lui. Le trajet me paraît si long qu'une fois sorti à mon étage, je ne peux retenir un soupir de soulagement. Impossible de savoir s'il l'a entendu.

— Tout va bien ? s'inquiète une de mes collègues.

Je hoche la tête en repartant pour mon après-midi de travail, espérant m'enlever la sensation étrange que cette rencontre fortuite a provoquée dans mon estomac.

L'après-midi passe à une vitesse folle et je suis heureux de voir la journée se terminer quand une des infirmières débarque dans le petit bureau où nous remplissons les papiers conjointement, aide — soignants et infirmiers.

— Vous avez vu les infos ? Un accident digne d'un film... Un bus a entraîné une voiture dans le vide...

— Oh non... Où ça ? s'est exclamé Marvin, l'une de nos jeunes recrues.

— Le pont qu'ils détruisaient. Apparemment, ils ont enlevé les barrières pour laisser passer un engin de chantier et ils n'ont pas eu le temps de les remettre qu'un bus et une voiture familiale entraient... Ils ont foncé droit dans le vide. C'était un bus scolaire... précise-t-elle.

Lara plaque ses deux mains contre sa bouche avant de prendre son téléphone et composer le numéro de son conjoint. Elle est très vite imitée par la totalité des personnes présentes et ayant un enfant en âge de prendre un car scolaire.

Après avoir été rassurée, Lara m'incite à aller me changer.

— Je vais prendre un peu plus tôt s'ils ont besoin de moi... Peut-être qu'ils vont être orientés ici, on n'est pas si loin.

Elle a raison, le lieu de l'accident n'est pas très éloigné de l'hôpital.

J'accepte en essayant de ne pas penser aux victimes de l'accident, sinon mon cœur m'obligerait à rester pour donner un coup de main.

Sans me retourner, je vais à la salle de repos pour me changer. Mettre un costume à l'hôpital me paraît un peu pompeux, je le cache en prenant une blouse de rechange que j'ai amenée dans le sac de sport.

Ainsi habillé, je ne détonne pas à ma sortie de la salle de repos. Les ascenseurs sont juste en face et je n'ai pas à attendre longtemps avant de pouvoir y rentrer, une seule personne l'occupant.

Satisfait, j'observe ma montre. Dans quinze minutes ma journée se termine, autant dire qu'elle va être ravie. Pour une fois, je ne vais pas faire tache dans son beau tableau de femme accomplie et épanouie. De nous deux, le manque d'enfants est bien plus soutenu de son côté. Même si elle tente de pallier cet aspect coûte que coûte en offrant une vision idéale de notre vie. Je me force à suivre son plan millimétré pour donner le change face à un scénario si différent de notre réalité. Pas que j'ai à me plaindre de notre vie. J'ai appris à l'aimer autant qu'elle m'aime en retour. Notre relation est basée sur du respect, de la confiance et beaucoup de partages. Mais aucune passion ne figure sur le tableau.

Elle ne s'éclate qu'au milieu d'une journée de rendez-vous interminables et je ne quitte pas mon sourire lorsque je suis ici, à l'hôpital, mon vrai chez-moi.

En dehors de nos activités professionnelles, nos conversations se cantonnent à des sujets d'actualités. Parfois, nous partons dans des débats, mais notre avis diffère généralement peu, ce qui coupe court la discussion.

Ma femme est réellement devenue ma meilleure amie, à cela près que je ne peux pas me confier sur mes peines de cœur.

Notre distance me blesse, surtout que j'en connais la cause. Son éducation et sa gentillesse lui interdisent d'avancer les problèmes de notre couple. Mais ni elle ni moi n'avons besoin de le faire. Chaque grain de sable dans notre engrenage quotidien ne résulte que d'un fait, un seul, l'amour que je porte à un homme.

Elle l'aurait sûrement mieux vécu si cela n'avait été que des amourettes de passages, sans véritable histoire et attachement. Au lieu de cela, j'aime profondément le même homme depuis des années. Depuis son entrée à l'hôpital, un fossé s'est creusé entre nous. J'ai voulu lui cacher son arrivée mais je ne lui ai jamais menti, et quand elle m'a demandé la raison de mes sautes d'humeur, j'ai dû lui avouer l'état de santé précaire d'Eliot. À cette simple appellation, elle a su. Jamais je ne lui avais encore avoué son prénom, comme si cela signifierait partager un secret qui ne m'appartenait qu'en partie. S'en est suivie une discussion que nous redoutions tous les deux depuis des années. La gorge nouée, les yeux larmoyants, elle m'a demandé ce que je comptais faire. J'ai halluciné. Sa question était des plus étonnantes.

— Comment ça ? avais-je réussi à articuler.

— Tu me quittes ?

Alors, a jailli de ses yeux un torrent de larmes. Entre deux sanglots, j'ai compris que c'était son angoisse depuis toujours. Elle avait conscience que ce jour arriverait, où je comprendrais que son amour envers moi ne suffirait pas. Pour la première fois, ma femme m'avouait m'aimer véritablement. Pas comme on aime un amour de lycée ou son amant. Mais de la manière dont on offre son cœur et sa vie à son âme sœur.

Je l'ai prise dans mes bras et j'ai pleuré.

Pour sa peine, que j'engrangeais depuis toujours. Celle qui creusait mon cœur de ne pouvoir choisir entre les deux. Puis, cette réalité sombre, Eliot ne sortirait jamais vivant de cet hôpital.

Cela, je n'ai pas réussi à lui avouer le jour même, de peur de m'effondrer tant la peine ressentie était immense. Aurait-elle cru que je n'aimais que lui à la vue de ma douleur ? Sûrement.

Ainsi, j'ai attendu plusieurs mois avant de lui révéler qu'Eliot était sur son lit de mort. Le dire haut et fort à une personne consciente de l'impact de cette réalité sur moi a été libérateur. Elle m'a soutenu. Un soir. Le lendemain, nous n'en avons plus parlé. J'ai compris que c'était ainsi. Qu'elle ne souhaitait pas faire du cas d'Eliot notre quotidien et je l'ai accepté. Compris aussi. Elle m'avait aimé tout en sachant depuis le premier jour qu'un homme avait déjà pris mon cœur. Comment pouvais-je lui en vouloir de protéger le peu de dignité qu'il lui restait en ignorant cette vérité ? Cela ne m'a pas gêné, pouvant voir l'un et l'autre dans ma journée. Je ne ressentais plus ce manque qui m'avait rongé durant des années loin de lui, persuadé qu'il m'avait oublié. Nous avons eu des heures pour échanger sur nos vies et j'ai retrouvé la partie de moi que j'avais perdue.

De son côté, elle s'est investie dans la politique et j'ai admiré son courage et sa détermination. Sans hésiter, je l'ai soutenue comme elle l'avait toujours fait avec moi.

Être marier, c'est offrir son énergie à l'autre et en recevoir. C'est un partage permanent.

Mais depuis peu, je n'offre que des ondes négatives une fois sorti de l'hôpital. Et elle le voit bien.

Eliot souffre atrocement et cette situation me rend dingue. L'impuissance que cela occasionne est terrible et aucune distance déontologique ne peut m'aider. J'ai l'impression de m'essouffler en même temps que lui.

Le bipeur de mon voisin d'ascenseur sonne, cela me tire de mes pensées. Je n'ai pas besoin de lever les yeux au-dessus de la blouse blanche pour reconnaître le docteur à mes côtés. Une aussi longue carrière dans un même hôpital me permet de distinguer n'importe qui de loin grâce à des petits repères. Pour ce docteur, spécialiste en pédiatrie, les nombreux pansements étanches qui colorent sa blouse ne laissent aucun doute sur son identité, même de l'autre bout d'un couloir.

— H, tu l'as eu ton diplôme ?

J'écarquille les yeux. Personne n'est au courant que j'ai passé le diplôme d'infirmier urgentiste, sauf le directeur de l'hôpital qui m'a autorisé à passer les examens en me donnant des jours de congés.

Les résultats sont tombés, il y a seize jours exactement, le même jour où j'ai vu Eliot se faire intuber.

— Je l'ai, acquiescé-je pour la première fois à voix haute.

— Super. Je peux te demander de venir ? Les urgences sont complètement débordées et je vais avoir besoin de tes compétences relationnelles et médicales.

— Qu'est-ce ?

— Une femme qui ne veut pas lâcher son enfant... explique-t-il déjà la mort dans l'âme.

Erin, le plus vieux des titulaires et sûrement celui que j'exècre le plus, attend mon aval.

Sans grande surprise, j'accepte. Je n'ai jamais refusé à quiconque. Ce n'est pas pour lui que j'accours mais pour les patients de l'autre côté de l'alerte lancée.

Et maintenant que je suis infirmier urgentiste, je peux véritablement agir.

Cela risque de déborder un peu sur mon service mais tant pis, ma femme devra comprendre. Les petits fours des Cumons n'ont pas la même importance que cette famille en détresse.

# Chapitre 2

**JULIA**
**6 octobre 2020**

— Toi là !

Je pivote la tête pour observer la personne qui vient de héler ça dans le couloir.

— Oui, toi. Je ne connais pas ton nom mais tu es bien une des internes d'hier matin ? Celle des urgences, non ?

J'acquiesce, m'approchant de lui pour savoir ce que veut ce titulaire.

Son air renfrogné laisse penser que quelque chose cloche.

— Bon, je n'ai pas le temps de t'expliquer le souci. Pour faire court, je dois obligatoirement prendre une interne avec qui je n'ai jamais été. On est d'accord que tu n'es jamais venue sur aucune de mes opé ?

Je secoue la tête négativement, sans comprendre vraiment ce qu'il me dit. Quelle est cette histoire de titulaire qui ne peut pas prendre l'interne qu'il souhaite ?

Si c'était Dean qui avait proféré ce genre de discours, je ne l'aurais certainement pas cru. Sauf qu'ici il n'a aucune raison de me mentir.

— Je suis le chirurgien Toob, fraîchement arrivé ici. Spécialisé dans la chirurgie viscérale, notamment les hémicolectomies, ce que nous allons faire aujourd'hui. Tu n'auras rien à faire, continue-t-il en avançant.

Je le suis en essayant d'analyser ce qu'il m'apprend. L'âge, le poids de son patient, ses antécédents. Mon esprit devient un calepin mental et j'en oublie de me présenter à mon tour.

— La chirurgie viscérale n'a rien de glamour, achève-t-il. Je ne suis pas à la recherche d'une interne dévouée à cette cause. Mais sache une chose, dans mon bloc, on y rentre pour sauver des vies, pas pour devenir le futur petit génie qui a inventé la dernière prothèse.

Il appuie sur le bouton du cinquième quand il me dit ça. Nous nous dirigeons tout de suite au bloc.

— En général, cela ne dure pas plus de deux heures, mais on ne sait jamais ce qu'il peut se passer.

Je reste muette, un peu impressionnée et excitée d'aller au bloc aujourd'hui alors que je m'attendais à changer des pansements posts opératoires, comme les précédents jours.

— Tu as vu la femme rousse à côté de moi toute à l'heure ?

— Oui, soufflé-je, me souvenant vaguement de son expression soucieuse.

— C'est la femme de notre patient. S'il meurt, tu iras le lui annoncer, lâche-t-il au moment de sortir de l'ascenseur.

Cette information me scie sur place. Je veux bégayer une opposition mais j'en suis incapable.

Je le rattrape dans le couloir vide, juxtaposant les différentes salles d'opération.

— Ce n'est pas pour être inhumain, me devance-t-il. J'ai besoin que tu comprennes que serrer un intestin trop fort entraîne la mort, ne pas m'écouter entraîne la mort, rigoler à une blague débile d'une infirmière entraîne la mort. J'ai besoin d'une interne qui comprenne que notre métier est beau, quand il se passe bien.

Ces derniers mots, il me les dit en face. Le visage à quelques centimètres du mien. J'inspire, comprenant parfaitement son raisonnement.

— S'il meurt, j'irai. Mais cela n'arrivera pas aujourd'hui.

— On va faire notre possible, rajoute-t-il, l'air satisfait de ma réponse.

Il pousse de son dos la porte à battants et mon cœur s'arrête ou à l'inverse s'accélère. La tension monte d'un cran tandis que nous nous préparons. Lavement des avant-bras, des poignets, des mains… Le masque et les blouses. Je vis au ralenti cette préparation.

Ce n'est pas ma première opération. Loin de là. Et pourtant les mots de ce médecin résonnent en moi d'une nouvelle manière. Je vibre sous chaque geste, comme si la vie de mon patient en dépendait déjà.

— Prête ?

La voix du chirurgien est bien plus calme et je croise dans son regard ce dont j'ai besoin. De la confiance.

Je cligne des yeux pour lui répondre et le suis dans l'arène.

Qu'importe le résultat, sortir de ce bloc changera ma vie. Je le sais, je le sens.

— Docteur, il est endormi, déclare l'anesthésiste.

Une infirmière lit les constantes et l'opération démarre. Ses cisailles sont propres et je me souviens de mes cours de médecine générale. Personne n'avait envie d'étudier les viscères. C'était tout pour la cardiologie, la neuro et la pédiatrie. Parfois, l'un de mes camarades se déclarait passionné par la gériatrie. C'était rare, mais j'en avais eu.

Par contre, la chirurgie viscérale et digestive n'a jamais eu son moment de gloire, encore moins depuis le rattachement du domaine de la chirurgie bariatrique dans cette vaste spécialité.

Les gestes sont bien plus précis que je l'imaginais et le docteur Toob explique chacune de ses actions pour me faire profiter de son savoir.

— Je ne fais pas par voie ouverte, même si une chirurgie par laparoscopie est plus longue, explique-t-il en faisant une première incision de quelques millimètres.

Ses mains appuient sur la peau qui se tranche délicatement et il répète plusieurs fois l'opération à divers endroits.

— J'ai fait ce choix car le patient a quatre enfants et est père au foyer. Il n'aura pas le luxe d'avoir un repos total de plusieurs semaines post opératoire. Il lui faut une technique peu invasive et son état le permet.

Le fait qu'il prenne en compte la situation familiale et professionnelle de son patient m'épate. Très souvent, le chirurgien fait signer une décharge qui semble l'alléger de sa culpabilité de potentielles complications dans les semaines suivantes. Toob ne doit pas travailler ainsi.

— Une résection du colon avec cette technique se fait par… commence-t-il avant de s'arrêter.

Je comprends qu'il attend ma réponse alors qu'il termine la cinquième petite incision sur l'abdomen.

Je ferme les yeux pour visualiser mon cours.

— On introduit une caméra et des instruments longs et fins à travers les petites incisions sur l'abdomen.

— Bien, comme ceci, souffle-t-il en suivant mes indications qu'il connaît déjà.

L'impression de mener la danse est exaltante et je continue, le sourire aux lèvres, heureusement camouflé par le masque.

— En premier lieu, on décolle la partie du colon qu'on veut réséquer de ses attaches de manière à pouvoir le sortir de l'abdomen.

— Comment ?

— En faisant une incision de 4 à 8 cm…

Mon hésitation doit s'entendre dans ma voix, mais il n'en fait pas cas. Ses yeux fixent l'écran devant lui pour être sûr de voir ce qu'il fait. J'attends la suite, quasiment en apnée. Une fois le morceau de colon enlevé du patient, récupéré par l'une des infirmières du bloc, il relève la tête vers moi, une dernière question au bord des lèvres :

— Je fais la reconnexion des deux parties restantes où ?

Je bégaye une réponse incompréhensible avant de me reprendre. Je revois encore le doctorant nous répéter cette partie de l'opération et les mots sortent de ma bouche :

— En général, à l'extérieur de l'abdomen. Soit avec des fils soit avec des agrafes spéciales, rajouté-je pour prévenir sa prochaine question.

Il sourit à ma rapidité et aux bonnes réponses que je fournis.

— Agrafe ici, dit-il en commençant à les poser.

Quasiment sur le point de faire un cri de joie, je me retiens difficilement jusqu'à la fin de l'opération. Une fois terminée, il m'invite à le suivre dans l'autre pièce. Nous nous lavons les mains en silence. Patiemment, j'attends qu'il prenne la parole.

— Vous pouvez prendre cette spécialité sans problème, me sourit-il en terminant de se rincer les mains.

Le sourire béat qui couvre mon visage l'amuse.

— Je ne connais même pas votre nom ?

— Oh Relwood Julia, glissé-je honorée d'avoir attiré l'attention d'un titulaire après mes nombreuses journées à récupérer la merde qu'on ne veut pas faire.

— Enchanté. J'espère que vous n'êtes pas l'interne concernée par cette étrange purge. Car j'aimerais vraiment retravailler avec vous.

Il dit ça avant de sortir de la pièce, ne me laissant aucune chance de l'interroger. De quelle purge parle-t-il?

Interloquée, je sors à mon tour, un peu intriguée.

Quand j'aperçois de loin Harold, je ne peux m'empêcher d'accourir vers lui pour l'interroger.

— Harold, comment vas-tu?

Il semble vouloir m'ignorer, passant à côté de moi sans un regard.

— Tout va bien? J'ai entendu parler d'une purge dans les internes et je...

Il fait volte-face d'un coup sec, me coupant dans mon élan.

— Écoute, tu peux faire ce que tu veux avec qui tu veux, mais c'est vraiment immonde de faire ça à Dean, lâche-t-il. Même si ce n'est pas officiel, je l'ai bien vu sortir du bureau du directeur et comme par hasard, Dean est visé par cette calomnie. Je ne sais pas comment tu fais pour te regarder dans le miroir, Julia, termine-t-il avant de reprendre son chemin comme si de rien n'était.

Deux aides-soignantes m'observent de loin avant de faire des messes basses. Maintenant que je fais attention, j'ai l'impression d'avoir un peu plus de regards sur moi qu'habituellement. Perdue, je regarde l'heure et constate avec soulagement que j'ai terminé dans quelques minutes, le temps de redescendre aux vestiaires.

Je décide de prendre les escaliers et je descends les marches quatre à quatre, pressée de retrouver mon cocon pour analyser les paroles blessantes d'Harold. De qui voulait-il parler au sujet d'un rendez-vous avec le directeur ? Et pourquoi Dean aurait forcément des problèmes par sa faute ? Il est assez grand pour s'en créer seul.

Je ne comprends pas. Même si je ne suis plus si proche d'Harold et que notre dernier repas a été légèrement chaotique, je ne pensais pas qu'il puisse prendre le parti de Dean, qu'importe le sujet.

Un peu énervée par l'attitude de mon ami et sa manière injuste de me clouer à l'échafaud sans aucune explication, je sors rapidement du bâtiment.

Les larmes gagnent déjà mes joues quand j'atteins le parking de l'hôpital. Je démarre un peu brusquement ma voiture, évitant de peu d'écrabouiller le groupe des nouveaux internes, des cernes incroyablement grosses sous les yeux. Première garde pour eux.

# Chapitre 3

**HAROLD**
**Quelques jours plus tôt — 27 septembre 2020**

— Tu prends ta pause Harold ?

Je regarde ma montre et acquiesce, effectivement mon ventre me tiraille. Ma collègue le note pour les autres et repart à ses tâches.

— Harold, s'exclame la voix forte de Julia.

De l'autre bout du couloir, elle me fait signe.

Je me fige, venant d'apercevoir il y a un instant Dean, de l'autre côté de la porte qui me fait face.

Ce dernier recule en entendant sa voix, une sage décision.

Voyant que je ne réagis pas, elle s'avance vers moi.

— Tu pars déjeuner ? On pourrait s'y retrouver et manger ensemble, souffle-t-elle.

J'accepte bien volontiers son invitation, en ignorant le regard appuyé de Dean de l'autre bout du couloir. Ce n'est pas parce que j'ai bien voulu manger avec lui depuis son retour que je dois me plier à cette habitude aujourd'hui.

On se donne rendez-vous dix minutes plus tard à la cafétéria. Julia s'éloigne et Dean arrive, l'air renfrogné

— Alors ça y est ? Elle revient alors je n'existe plus ?

— Ne fais pas l'enfant, m'agacé-je. J'ai eu ta version durant des heures, j'ai envie de la sienne. Je n'y étais pas à ce mariage, lui rappelé-je.

Un fait qui commence à m'ennuyer, j'arriverais plus aisément à conseiller tout le monde si j'avais assisté à toute la scène.

— Et cela date déjà d'un moment et rien n'est encore très clair, rajouté-je un peu lassé de subir cette situation depuis maintenant plusieurs mois.

Entre le mariage, son absence pour lune de miel de deux semaines et ses gardes inversées depuis son retour, je ne l'ai que très peu vue. Tout comme Dean d'ailleurs. Et il a beau ne pas l'avouer, la revoir n'est pas aussi simple qu'il l'avait pensé.

Ronchon, il emprunte tout de même mon ascenseur, les bras croisés. C'est incroyable comme il peut se comporter de manière puérile parfois, comme s'il était jaloux de l'attention que je puisse porter à Julia, tel un cadet avec son aîné se battant pour l'amour d'un père.

Cette comparaison me fait penser que je n'ai aucune idée de ses relations avec ses parents. Sont-ils décédés ou loin pour ne jamais l'entendre en parler ? Je me promets de l'interroger à ce sujet un autre jour, après que l'histoire avec Julia se tasse.

— Bon appétit, glisse-t-il en sortant de la cage d'ascenseur.

Je le suis sans répondre, nous dirigeant de manière automatique au réfectoire, bondé de blouses blanches. La queue est une nouvelle fois décourageante et je prends mon mal en patience, essayant de voir si Julia est déjà attablée quelque part. Mes yeux se posent sur des visages plus connus que d'autres. La pièce est immense et nous sommes déjà en train de prendre notre repas lorsque je la trouve enfin.

Vu son plateau, elle vient juste d'arriver.

— Je crois que tu vas devoir manger une nouvelle fois avec moi, me glisse Dean sarcastique tandis que j'aperçois la silhouette d'un homme assis devant elle. Il n'a pas envie qu'elle donne une quelconque version de l'histoire, j'ai l'impression, termine-t-il en posant un petit pain sur mon plateau.

Je suis rarement en colère, sauf quand on me prend pour un idiot. D'un pas décidé, je m'avance vers le couple, sans chercher à le faire discrètement. Plusieurs collègues m'interpellent mais je les ignore. Je ne suis pas là pour chercher une place, j'en avais normalement une.

Julia lève des yeux étonnés vers moi, me voyant avancer droit vers elle.

Son mari se retourne directement et me toise. Je l'ignore, pose mon plateau sur le peu de place restant, inspire et lui décroche un sourire très figé pour faire connaissance.

— Harold, infirmier et ami de Julia, me présenté-je.

Ma main reste tendue vers lui, sans trouver quoi que ce soit à serrer. Son visage de premier de la classe, un peu hautain me saute aux yeux. Je n'avais jamais vu officiellement le compagnon de Julia, tout du moins c'est ce qu'elle pense.

Sauf que je l'ai bien aperçu l'autre jour et je ne m'étais pas trompé sur son identité lorsqu'il sortait du bureau du directeur.

— Votre visage me dit quelque chose, avoue-t-il en posant son menton sur ses mains jointes.

Un geste que le concurrent de mon épouse au municipal fait de nombreuses fois dans ses discours à la population. Si j'en crois Ingrid, la chargée de campagne, c'est un signe d'ennui profond.

— Je n'ai jamais été dans un tribunal de ma vie pourtant, dis-je sans détacher mes yeux de mon amie, qui n'ose même pas me regarder.

À défaut d'obtenir une réponse, il grommelle quelque chose, cherchant sûrement d'où mon visage lui revient. Voyant que Julia n'a pas l'intention de m'inviter à leur table, malgré sa demande de tout à l'heure, je fais demi-tour sous le regard scrutateur de Dean.

Il ne dit rien et m'accompagne à l'une des tables les plus éloignées du couple. J'ai beau être une personne agréable, je n'en demeure pas moins susceptible. Julia est culottée de se comporter de la sorte seulement quelques minutes après m'avoir demandé de partager le repas en sa compagnie.

— Désolé pour ça, compatit mon ami.

Son attitude est louable, il ne cherche pas à enfoncer le clou. Je lui fais un vague hochement de la tête avant de planter mes dents dans ma première bouchée de charcuterie. En temps normal, je déteste les ragots et autres petites discussions sournoises qui font les joies des hôpitaux, mais je ressens le besoin d'extérioriser.

— Je l'avais déjà vu. Toujours aussi hautain, même en sa compagnie, appris-je à mon ami.

Le brun taciturne devant moi se redresse, une lueur étonnée dans le regard. Moi qui me plaignais de ne pas avoir assisté au mariage en direct, je trouve que j'ai plutôt eu de la chance, à voir ce petit échantillon de James, je ne préfère pas en connaître davantage. À l'opposé de Dean, qui me paraît bien curieux tout d'un coup.

— C'est la deuxième fois, en peu de temps, que je le vois ici, murmuré-je à l'intention de Dean, pour lui expliquer où j'avais pu croiser cet homme.

Il fronce les sourcils, il ne devait pas s'attendre à cette explication, l'hôpital n'étant pas le genre de lieu pour rencontrer un homme tel que James.

Pour une fois, je me sens complètement écouté par mon ami, qui écarquille les yeux, attendant que j'en dise plus.

— Il sortait d'un entretien avec le directeur… et si tu veux mon avis, cet homme est louche. Je ne le sens pas.

Dean avale une bouchée qu'il mâche excessivement, calmant sûrement ses nerfs de cette façon.

— Tu n'as pas idée, répond-il sobrement avant de repartir dans un mutisme qui le représente bien.

Pensif, tout comme lui, je tente de me remémorer les mots qu'ils ont dits lors de leur au revoir. Le directeur a-t-il remercié l'époux de Julia de l'avoir prévenu à propos d'une certaine affaire ? Même si cela me semble être le cas, je ne dis rien, ne souhaitant pas dévoiler de fausses informations à mon ami déjà sous tension.

# Chapitre 4

**JULIA**
**Toujours quelques jours plus tôt — 27 septembre**

Je mâchouille mon morceau de pain, mal à l'aise face aux regards insistants des autres internes et de la table des médecins.

Harold évite mon regard, assis face à Dean qui lui ne se gêne pas pour nous toiser, le regard mauvais. J'ai envie de lui demander d'aller voir ailleurs si j'y suis, mais je reste calme. Pour une fois, je comprends son attitude, il veut juste prendre la défense de son ami, notre ami.

James n'a pas été tendre et cela m'ennuie. *Déformation professionnelle*, plaide-t-il toujours quand je lui fais remarquer sa manière de se comporter, un peu cavalière avec mon entourage.

— Pourquoi es-tu venu déjà ?

James lève des yeux étonnés sur ma question, je reformule comprenant que cela puisse passer pour un reproche.

— Je veux dire, il y a un problème ?

Il tourne sa montre autour de son poignet deux fois avant de répondre, un tic qu'il fait souvent lorsqu'il plaide. Je n'ai pas eu beaucoup l'occasion de le voir faire, mais à chaque fois que je l'ai vu dans une plaidoirie, il se met à tourner ce petit bout de cuir et de métal, d'une valeur excessive.

— Non... Mais j'ai su que tu étais passée au bureau, il y a quelque temps, j'ai eu envie de faire la même chose... Histoire de déjeuner, simplement.

Je déglutis, ayant envie d'étouffer Émilie dans sa méchanceté. J'ai oublié de raconter à. James mon passage éclair au cabinet, à cause du choc d'apprendre que Tara entretenait une relation avec Dean. Mais c'est loin d'être la meilleure excuse pour lui faire comprendre mon oubli. Je grimace, comprenant que son intervention, ici à l'hôpital, est une petite vengeance.

Cette attitude me chagrine quelque peu. Mon intention de départ était de le voir pour manger ensemble, pas de m'imposer sur son lieu de travail. Ce qu'il est pourtant en train de faire à l'instant, n'ayant même pas pris un sandwich à grignoter pour faire comme si.

— Je n'ai jamais eu l'intention de te le cacher, soufflé-je bas, pour qu'on ne puisse pas entendre ce qu'il me semble être une future scène de ménage.

Il contracte la mâchoire, visiblement en désaccord avec mes propos. Qu'a-t-elle pu bien dire cette langue de vipère...

— Pourquoi ne m'avoir rien dit alors ? Tu crois que je n'ai pas eu l'air d'un idiot quand Émilie m'a parlé de ça ? Elle s'inquiétait que tu aies mal pris mon absence... Et je ne savais pas de quoi elle parlait, claque-t-il un peu trop fort à mon goût.

Dean, pourtant loin, qui avait enfin arrêté de me fixer, a tout de suite relevé la tête, les sourcils froncés.

— Écoute, ce n'est pas le lieu pour...

James me coupe la parole et j'écarquille les yeux en le voyant hausser le ton.

— Julia, il va falloir arrêter de me mentir. Si tu n'as pas confiance en moi, je ne vais pas pouvoir continuer ainsi.

Sa main s'est posée sur la mienne, la plaquant contre la table. Je tente de me dégager, mais c'est impossible. Ma pire crainte s'avère réaliste quand je vois Dean se lever et venir vers nous. Je tente de lui faire comprendre d'un jeu de regards que ce n'est clairement pas une bonne idée d'intervenir entre nous, mais il s'en moque. En quelques enjambées, il est collé à la table, les yeux rivés sur ma main bloquée par la poigne de mon époux.

Tranquillement, il pose ses deux paumes sur la table pour se baisser à notre hauteur.

— James, je ne vais pas te le dire deux fois. Tu la lâches, siffle-t-il trop bas pour que quiconque à part nous puisse l'entendre.

— Sinon quoi, rigole James.

Je suis stupéfaite par sa voix moqueuse et terrifiante. Il fixe Dean, m'oubliant complètement.

— Ne joue pas, James. Nous ne sommes plus des enfants, j'ai changé, crache mon titulaire.

Perplexe, je regarde la scène sans comprendre de quoi il parle.

Les paumes de Dean se sont transformées en poing glissant vers le poitrail de mon époux. La discussion risque de dégénérer. Mon regard implorant croise celui d'Harold qui vient dans notre direction.

— Dean viens, lance Harold à peine arrivé à côté de notre table.

— Pas avant qu'il ne lâche Julia.

Son ton est implacable. Il ne partira pas sauf à cette condition. J'essaie encore de dégager ma main mais la poigne de James s'est resserrée. Il commence à me faire mal et mon poignet change de couleur sous la pression.

— James... murmuré-je proche des sanglots.

Mon époux ne sourcille même pas, continuant de fixer son ami d'enfance.

Voyant la situation s'envenimer, Harold prend les choses sous contrôle.

— Bon, messieurs, après cette jolie démonstration de testostérone, on va régler ça comme des grands derrière un café...

Les deux hommes se toisent toujours, le visage quasiment collé.

— Ou dans un parking sombre, rajoute-t-il constatant qu'une manière diplomate est vouée à l'échec. Néanmoins, la dame n'a rien demandé et si vous pouviez simplement la laisser en dehors de...

Il n'a pas fini sa phrase que James se lève, m'entraînant avec lui. Je suis à deux doigts de renverser mon plateau quasiment plein quand la dextérité d'Harold évite la catastrophe. Je n'ai pas le temps de me retourner qu'il me traîne déjà à l'autre bout de la pièce.

— Tu vas changer d'hôpital, il est hors de question que tu restes avec cette ordure, s'énerve James entre ses dents.

Nous ne croisons que peu de monde, heureusement, car mon visage est blême et des larmes coulent en torrent sur mes joues.

— Tu me fais mal James !

Il ignore ma voix et je suis obligée de me projeter en arrière pour lui faire perdre sa vitesse. Déséquilibré, il se retourne vers moi.

— Quoi ? gronde-t-il, les yeux noirs.

— Tu me fais peur, avoué-je. Et j'ai mal.

Je désigne du regard mon poignet qui est en train de changer de couleur sous ses doigts.

— Tu ne vas plus remettre un pied ici, insiste-t-il en me rendant la liberté.

— Je ne vais pas te laisser dicter ma vie.

Mon assurance n'est qu'une petite barrière superficielle mais cela semble fonctionner. Il fronce les sourcils face à ma rébellion. Le poignet dans mon autre main, je recule d'un pas quand il avance, l'air menaçant.

— Tu as déjà changé tes jours de garde pour moi, tu peux changer d'hôpital.

Je reste choquée de son raisonnement. Si j'ai changé mes gardes, c'était pour coller à son emploi du temps, pas pour fuir Dean… À moins que…

— Tu ne m'aimes plus ? me coupe-t-il dans mes pensées. Après tous les sacrifices que je suis prêt à faire pour toi ?

Je le revois en pleurs dans mes bras aux Bahamas quand il m'a avoué rêver d'enfants avec moi depuis toujours et que cette situation lui avait fait perdre les pédales. Qu'il avait tenté de me faire croire que ce n'était pas son rêve pour ne pas m'accabler mais qu'au fond, il se voyait tenir un bambin dans les bras, annonçant à tous fièrement qu'il avait un fils. Pourtant, il a tiré un trait sur ça pour se marier avec moi. Mon cœur se serre.

— Si je t'aime, ce n'est pas la question, soufflé-je quand une porte coupe-feu tangue derrière moi.

Je n'ai pas besoin de me retourner pour savoir qui se tient à quelques mètres derrière.

Le visage de James se change, transformé par la colère.

— On règle ça sur le parking quand tu veux, lâche Dean.

Je hurle en imaginant que James va se mettre à lui sauter dessus quand, contre toute attente, mon époux se met à rire.

— Oh Dean, tu me connais mieux que ça. Je préfère régler mes problèmes de façon officielle et… légale.

La mâchoire du chirurgien se contracte avant qu'il ne fasse demi-tour, le teint livide.

— Rentrons, déclare James.

Je secoue la tête, ayant encore beaucoup d'heures de travail devant moi.

— Je te rejoins à la maison après mon service. J'ai besoin de… calme.

Je n'attends pas sa réaction pour disparaître derrière la première porte qui me vient. Le cœur en miettes, l'esprit embrumé et une nouvelle sensation amère de ne pas avoir compris tous les enjeux qui se jouaient devant moi.

## PRÉSENT — 6 octobre 2020

Les phares d'une voiture éblouissent mon pare-brise humide. Je cligne des yeux, hébétée. Mes roues crissent quand je braque mon volant vers la droite. Aucun clignotant, ce qui me vaut une salve de klaxons enragés.

Je tremble, essayant de me souvenir de la soirée qui a suivi cette altercation, comment ai-je pu ne pas reparler de cet incident avec James ?

Je me sens tout d'un coup un peu faible, le manque de sommeil et les émotions qui viennent de remonter à la surface me plongent dans un état second.

Je décide d'arrêter la voiture sur le bord de la route pour éviter un accident, le terre-plein où je suis est normalement sans danger.

Mes yeux se ferment déjà quand je règle l'inclinaison du fauteuil.

**QUELQUES JOURS PLUS TÔT — 27 septembre 2020**
Les mains plaquées contre la porte, j'hésite à entrer. Mais je n'ai pas d'autres solutions pour dormir. Appeler Tara après ce qu'il s'est passé au réfectoire entre James et Dean est impossible et même si c'est la peur au ventre que je décide de rentrer chez moi, je pousse la porte.

Le cœur battant, j'entends la radio dans la cuisine. James n'est pas encore endormi. Pourtant, j'ai attendu le maximum de temps pour ne pas avoir à l'affronter. Je me déchausse dans l'entrée dans l'espoir de ne pas attirer son attention. Mon poignet violacé sur un coin me rappelle encore notre altercation et à quel point il est allé trop loin cette fois-ci.

— Ne jamais prendre de décision sur le coup de la colère ou de la tristesse, m'a toujours répété ma mère.

Je ne sais pas si elle serait d'accord en sachant la situation. Aurait-elle encore cette manière insupportable de le défendre ? Je revois nos dizaines de conversations téléphoniques où elle m'assurait que j'étais trop exigeante, à me plaindre du travail prenant de James ainsi que de ses absences.

— Tu ne travailles pas, je te rappelle et cela grâce à lui, avait-elle lâché un soir où je n'en pouvais plus de notre situation de couple.

J'avais été soufflée de sa réponse. Ce n'était pas une volonté de ne pas travailler à l'époque. Je l'avais simplement suivi pour ne pas lui faire perdre une opportunité incroyable et cela m'avait fait interrompre mon cursus en cours.

Ce n'était pas évident de trouver un hôpital et une université prête à m'accueillir et cela avait été mis au second plan face à la carrière de James.

Sauf qu'elle avait raison, comme aujourd'hui, il a le travail, l'argent et ainsi l'ascendant sur moi. Même si cette réalité m'écœure, je ne peux l'ignorer.

— Chérie ?

La voix de James me fait sursauter alors même que j'ai conscience de sa présence en bas. La radio est trop forte pour que j'entende ses bruits de pas. Je tremble. Ai-je peur de mon époux ? Malgré l'envie de répondre « non » à cette question silencieuse, je n'ai pas la force de me mentir. Bien entendu que je suis un peu effrayée. Qui ne le serait pas après une telle journée ?

J'avance à petits pas pour découvrir le salon plongé dans le noir, les stores sont tirés et la lumière éteinte. Seule la musique en fond me permet de savoir qu'il est là, quelque part.

— Qu'est-ce que…

Ma phrase ne s'achève pas. D'un seul coup, sans prévenir, une lumière aveuglante est braquée vers moi. Je lâche mon téléphone, apeurée. Un bruit de surprise sort de mes lèvres avant que mes yeux aient le temps de s'habituer à ce qui est face à moi.

Ce que j'ai pris pour une simple lumière est le reflet d'un rétroprojecteur. Des couleurs passent sur mon visage avant de s'écraser sur le mur pour former une vidéo que je reconnais directement. Je me vois, les cheveux longs, courant derrière Gilles, un voisin qui me servait de nounou quand j'étais jeune. Mon rire est cristallin et j'ai l'air heureuse tandis qu'il se retourne pour braquer un pistolet à eau vers moi. Son visage est si apaisant, même pour l'adulte que je suis aujourd'hui.

Je me revois à cette époque, durant laquelle tellement de choses ont changé en moi.

Des larmes s'écoulent de mes joues quand je vois ma mère rejoindre la vidéo. Elle est en tenue de travail, sûrement fraîchement arrivée et elle fonce droit vers sa fille. Je hurle de bonheur en la voyant, tout en fuyant prestement ses bras pour ne pas perdre le jeu.

La vidéo se coupe pour laisser place à une autre, je me vois, un bébé dans les bras, je suis plus âgée, en pleine adolescence et j'observe ce petit être fragile comme l'une des merveilles du monde. Mes yeux ne trompent pas.

— Tu en auras un comme ça, déclare Carla, la voisine de ma mère à l'époque et mère du poupin que je porte.

Mon sourire s'intensifie quand je l'entends m'assurer qu'un jour, ce sera mon tour. Cette fausse réalité me fait craquer. Mes genoux lâchent et je m'écroule au sol, le visage relevé, incapable de quitter des yeux cette fillette qui avait l'air si sûr de devenir mère. Les émotions s'entrechoquent et j'en oublie le reste.

Des bras m'entourent. Perdue, je crois sentir le réconfort de ma mère avant de me rendre compte qu'il s'agit de James. Ses bras ne deviennent pas violents et puissants cette fois-ci. Sa manière de me toucher est douce et tendre.

Je plonge mon visage dans le sien, hurlant de douleur.

— Je veux créer une famille avec toi, souffle-t-il dans mes cheveux.

Je ne comprends pas ses paroles. Il sait que je ne peux pas avoir d'enfants, seul objectif que j'ai depuis mon plus jeune âge.

— Tu n'as jamais eu de père, mais je veux pouvoir te prouver qu'une famille unie et heureuse, c'est possible, continue-t-il.

Je sanglote un peu moins, cherchant à écouter ses paroles. J'ai envie de croire en cet avenir, mais c'est impossible.

— Mon cœur, je suis tellement désolé de mon comportement. Je vrille… j'ai l'impression qu'on est en train de se perdre…

Maintenant, ce sont ses pleurs qui humidifient mon cuir chevelu. Je relève la tête vers lui. Ses yeux sont injectés de larmes et il a l'air véritablement malheureux.

— Pourquoi as-tu réagi comme ça ?

— Je n'en sais rien… Dean te regarde comme si tu lui appartenais et j'ai…

— James, c'est toi que j'ai choisi. C'est toujours vers toi que je suis revenue, Dean n'a jamais été dans mon plan.

— Mais ton plan a explosé en l'air et…

— Et quoi ? Tu crois que j'ai envie de m'amuser dans ses bras maintenant que je ne peux plus avoir d'enfants ?

Il recule un peu sous ma question. J'écarquille les yeux.

— C'est vraiment ce que tu penses, soufflé-je estomaquée.

— Peut-être… J'ai l'impression que tu ne te vois plus fonder une famille avec moi, lâche-t-il.

Je cligne plusieurs fois des yeux pour évacuer les larmes qui m'empêchent de l'observer complètement.

— Mais c'est ridicule James… J'ai envie de fonder une famille avec toi… sauf que je ne peux plus…

Les larmes remontent lorsqu'il me tire doucement par les deux mains pour me relever. Je le suis sans comprendre, tandis qu'il me guide vers la cuisine.

Sans un mot, il m'amène devant le plan de travail. Je ne distingue rien, la lumière du rétroprojecteur est trop loin pour nous éclairer ici.

D'une main, il attrape la mienne. Par réflexe, je sursaute, encore sous le choc de son comportement de ce midi. Patiemment, il attend que je me ressaisisse pour suivre son mouvement, sans me brusquer. Sa façon douce et compréhensive d'écouter mes réactions permet de me calmer facilement. Plongée dans le noir, je tâtonne, comme il semble le vouloir, le plan de travail.

Mon index et mon majeur entrent en premier en collision avec une texture différente du marbre. Même s'il ne peut voir mes réactions, je fronce les sourcils et l'interroge du regard. Je ne sais pas exactement où regarder, mais je l'entends émettre un petit rire face à mon silence.

Je pose ma paume sur le papier que je reconnais comme du kraft. L'enveloppe qui se dessine sous mes différents passages m'intrigue.

— Qu'est-ce que c'est ?

— À ton avis ? élude-t-il.

Une bonne dizaine de probabilités s'affiche dans mon esprit.

De la plus noire, une demande de divorce, comme la plus impossible, un résultat médical m'assurant que je peux faire des enfants.

Ne souhaitant pas gâcher ce que cela contient réellement vu l'excitation palpable que dégage James, je préfère garder le silence jusqu'à ce qu'il perde patience.

— Tu n'as aucune idée ? Que voudrais-tu y trouver ?

Sa détermination à me faire deviner est inattendue. D'habitude, James est loin d'être ce genre d'hommes.

Il préfère dire les choses clairement. Ces petits jeux ne l'amusent guère.

— On peut mettre un enfant dans une enveloppe maintenant ? rigolé-je nerveusement ne sachant pas quel autre vœu je peux bien avoir.

Il pose sa bouche sur ma tempe quand j'entends sa voix grave me répondre. Cet instant précis s'ancre pour toujours dans ma chair tandis que je lui fais des yeux ronds.

— Un enfant à adopter, oui.

Je hurle de bonheur, lui saute au cou, lui offrant un coup de coude au passage ne sachant pas où il se trouve. Il m'attrape les hanches pour me soulever et mes mains touchent le contour de son visage pour savoir où est sa bouche.

Le baiser que nous échangeons est nouveau. Un feu intense brûle en moi tandis qu'il me murmure ce dont je rêve depuis des mois.

— Nous allons être parents. Être une famille.

Ses mots miraculeux et extraordinaires nous accompagnent à l'étage. Plus amoureux et heureux que jamais, je ne me préoccupe pas du fait de porter des dessous peu attrayants ni de ne pas m'être lavée après une journée intense à l'hôpital. James n'y fait pas plus attention, faisant voler ma confortable culotte en coton sous le bureau pour concrétiser ce désir qui ne fait que monter en nous.

Ce soir, je n'ai pas envie d'attendre, j'ai besoin de le sentir proche de moi.

De contempler ses yeux amoureux sur ma peau et d'entendre sa voix me susurrer que nous allons bientôt être trois.

— Je t'aime, lui murmuré-je en fixant son torse s'avancer puis reculer au-dessus de moi, doucement et langoureusement.

Ses prunelles me fixent de l'intensité des premiers jours et je redeviens cette jeune étudiante fougueuse. Mes lèvres s'entrouvrent pour lui notifier que la nuit ne fait que commencer.

### PRÉSENT — 6 octobre 2020

Je me réveille en sursaut sous les klaxons réguliers d'une voiture. Un peu désorientée, j'ai dû mal à me replacer l'endroit où je me trouve. Puis, je me souviens de la journée passée. De mon opération avec le chirurgien Toob, de cette purge et de l'accusation d'Harold envers moi.

En quoi suis-je responsable d'un problème qui se répercute sur Dean ? James a certes dépassé les bornes, il y a une semaine, mais depuis il a été un ange. Nous avons commencé les démarches pour l'adoption. Même si l'organisme a été clair, nous sommes loin d'être prioritaires et les délais sont souvent de plusieurs années, notre quotidien n'a jamais été aussi beau.

Je reprends le volant pour me réinsérer dans la circulation quand mon téléphone sonne plusieurs fois. Ne souhaitant pas prendre de risques sur la route de manière inutile et inconsciente, je l'ignore. Je suis bientôt chez moi quand il recommence. Son bruit m'exaspère et j'allume la radio pour couvrir la sonnerie.

Une fois garée, je prends mon téléphone, le sac de sport qui m'accompagne toujours et mon sac à main avant de sortir de la voiture. À peine suis-je sortie de celle-ci qu'il se remet à sonner. Exaspérée, je réponds sans regarder le correspondant.

— Oui ?

Mon ton est un peu sec, considérant qu'autant d'appels en si peu de temps ressemblent à du harcèlement.

— Julia ? Tu étais au courant ?

La voix de Tara me surprend et je m'immobilise de l'autre côté du trottoir attendant d'avoir un peu plus d'explications sur ce qu'elle entend de « au courant ».

— Ne me mens pas, tu sais ce qu'il allait faire ?

— Mais de quoi parles-tu ?

— Faire virer Dean ?

J'ai l'impression de recevoir une douche froide quand elle me dit ça.

— Qu'est-ce que c'est que cette histoire ?

Je perçois un soupir de la part de mon amie. Même si ce qu'elle me raconte paraît impensable et grave, je suis heureuse d'entendre sa voix. Je lui en veux toujours de m'avoir caché sa relation avec Dean, néanmoins, elle me manque.

— C'est trop long à expliquer au téléphone. On pourrait se voir quand ?

Je réfléchis, essayant de visualiser mon programme de garde.

— Normalement, demain soir James est en réunion tardive et je ne finis pas trop tard.

— D'accord, à demain.

Je n'ai pas le temps de dire « ouf » qu'elle a raccroché.

Mon téléphone portable dans les mains, j'observe les appels manqués par culpabilité, peut-être que Tara n'en est pas responsable.

Effectivement, même si elle m'a appelée plusieurs fois, je vois surtout l'indicatif de James apparaître trop de fois pour ne pas m'inquiéter.

Je m'empresse de rentrer pour le tranquilliser. Avec mon arrêt sur le bord de la route, j'ai presque deux heures de retard, il doit être mort d'inquiétude.

— Chéri ! lancé-je à peine la porte d'entrée passée.

Je l'entends parler dans la cuisine.

— Julia, s'exclame-t-il en me voyant arriver vers lui.

Le téléphone greffé à l'oreille, son visage est tendu.

— Elle est là. C'est bon. Merci.

Il raccroche sans attendre une réponse de son correspondant. Je fronce les sourcils, intriguée de savoir à qui il pouvait parler de ma disparition de quelques heures.

— Qui était-ce ?

— Un ami qui se faisait autant de soucis que moi… Que t'est-il arrivé ? J'allais appeler les urgences et la police dans les minutes…

Je prends son visage inquiet dans mes mains pour le rassurer.

— Excuse-moi, j'ai eu une rude journée. Mais une belle, ajouté-je en le voyant froncer les sourcils, s'imaginant le pire. Mais j'ai senti que je m'endormais sur la route et j'ai préféré m'arrêter sur le côté, expliqué-je.

Mes mains glissent sur ses joues légèrement piquantes pour se coller contre les siennes, le long de son torse.

Ses doigts se referment sur le mien quand il me répond, apaisé de mon explication.

— Bien… C'est raisonnable, mais la prochaine fois, tu m'envoies un message pour me prévenir.

— Promis, désolée de t'avoir fait paniquer.

Je m'éloigne de lui pour bâiller et me frotter les yeux. Définitivement, le sommeil n'a pas fini son œuvre et je ne vais pas tarder à aller au lit.

— Pourquoi, belle ? s'intéresse James après un moment.

— De quoi ?

Mes yeux sont à demi clos et je lui lance un regard un peu perdu.

— Ta journée.

— Oh oui, compris-je. J'ai assisté un nouveau chirurgien pour une hémicolectomie… C'était magique ! J'ai adoré et il m'a dit que nous pourrions sûrement retravailler ensemble. Même si je n'ai pas envie de me spécialiser là-dedans, j'aime beaucoup cette possibilité.

Le sujet me réveille et les images me reviennent en tête tandis que je lui explique chaque détail de l'opération. On dirait une enfant excitée. Je suis heureuse de pouvoir partager ça avec lui et son sourire bienveillant me rend encore plus satisfaite de cette journée. Même si je me doute qu'il y a plus excitant que de parler viscères après une longue journée, il reste, écoutant chacun de mes mots en montrant de l'intérêt.

Une fois l'opération expliquée, je lui raconte les compliments qu'il m'a faits et qui expliquent à quel point cette journée a été belle.

— Toob est un excellent chirurgien pour t'avoir choisie, déclare-t-il.

— Merci, m'exclamé-je en allant chercher quelque chose à boire.

Ce n'est qu'une fois en face du réfrigérateur que cela me frappe. Les doigts sur la poignée, j'arrête mon geste.

— Comment sais-tu qu'il s'appelle ainsi… Je n'ai rien dit.

Ma question reste un moment en suspens et je n'ose pas me retourner pour l'affronter. Hésitant également à ouvrir le réfrigérateur pour ne pas casser le silence qui s'installe entre nous, comme si cela pouvait détourner la conversation vers autre chose, ce que je ne souhaite pas.

— Je...

Il s'arrête, cherchant ses mots.

— Ton directeur ne voulait pas que tu le saches... commence-t-il avant de se stopper à nouveau.

Cette fois-ci, je pivote sur moi-même pour pouvoir le toiser. Je n'ai plus envie d'avoir de mensonges dans notre couple. Les dernières semaines ont été assez éprouvantes.

— Ne pas savoir quoi, James ?

— Il cherchait un nouveau chirurgien et il a conscience que mon carnet d'adresses... J'ai aidé Toob il y a quelques années, sur son divorce... Enfin, j'ai passé un coup de fil et voilà, j'ai juste servi pour les mettre en relation mais nous avons décidé de ne pas te mettre au courant... Sinon tu aurais cru que...

— Toob m'a choisi aujourd'hui parce que j'étais ta femme ? le coupé-je.

— Non... Bien sûr que non. Il ne te connaît pas. C'est justement ce que j'allais dire. Si tu avais été au courant, tu aurais cru qu'il te faisait un traitement de faveur à la moindre occasion.

Je plisse les yeux et le bonheur qui figurait sur mon visage disparaît. Lasse et épuisée, j'ai du mal à mettre mes idées au clair.

— Viens là, qu'est-ce qui te tracasse ? s'inquiète James.

Je secoue la tête. Voilà que je le soupçonne de n'importe quoi juste parce qu'il connaît le nom du nouveau chirurgien... D'ailleurs qu'aurait-il pu faire ? Un soupçon sur quoi ? Les mots d'Harold me reviennent et je maugrée. Ses propos n'ont pas été clairs et je suis en train de tirer des conclusions hâtives invraisemblables.

James passe ses bras autour de moi pour m'inviter à me confier.

Je soupire dans son épaule avant de me lancer, un peu honteuse.

— Rien... C'est Harold qui... en fait, je n'ai pas compris grand-chose. Le nouveau chirurgien, Toob, a parlé d'une purge sans m'expliquer vraiment et après Harold est arrivé vers moi, furieux. Il... Je crois que j'ai besoin de dormir, avoué-je en prenant conscience que mes propos sont incohérents et flous.

James sourit dans mes cheveux et je me laisse aller dans ses bras, complètement épuisée par cette drôle de journée.

— Je crois aussi, souffle-t-il avant de déposer un baiser sur mon front. On en parle demain si tu veux.

— Tu as ta réunion demain soir, on verra ça un autre jour, ce n'est pas grave, dis-je en me dégageant pour rejoindre mon lit.

Je le sens un peu interloqué par mon attitude, mais il ne dit rien, rajoutant seulement une faible réponse à ma réaction.

— Comme tu veux.

Je grimace, profitant d'être dos à lui. Aurais-je dû lui avouer que j'avais encore rêvé de l'autre jour ? Que son attitude, même si elle est officiellement pardonnée de mon côté, est dure à passer ? Notre demande d'adoption a été envoyée en début de semaine, mais le conflit entre lui et Dean n'est pas vieux. Tout comme les bleus sur mon poignet, que je peux encore légèrement apercevoir sur un côté. Laisser le temps au temps, voilà ce que je me répète le matin quand je me réveille après une nuit de cauchemars.

# Chapitre 5

— Harold ?

Je sursaute sous les appels incessants de ma femme.

— Oui Hunny ?

— Tu as vu ma robe verte ?

— Celle kaki ou émeraude ?

Je glisse la cravate dans ma chemise et rabats le col tandis que je l'entends rire à l'autre bout du couloir. J'observe mes pattes d'oie, prouvant que les années passent et marquent l'homme, quoiqu'il arrive.

— Tu es bien le seul homme que je connaisse qui puisse poser une telle question, s'amuse-t-elle en arrivant dans la pièce, vêtue seulement de sa lingerie vert émeraude.

— Émeraude donc, dis-je en observant sa tenue légère.

Elle baisse les yeux pour regarder ce qu'elle porte et soupire :

— Normalement, tu devrais voir ta femme à demi nue devant toi, pas une couleur de lingerie qui t'indique mon choix de robe, grommelle-t-elle.

Je pince mes lèvres. Même si je n'ai plus touché son corps depuis des mois, je ne veux pas qu'elle se dévalorise face à mon indifférence.

— Ne t'inquiète pas, je sais, souffle-t-elle. Mais parfois, j'aurai voulu que tu me regardes comme ce porc de Davis.

J'arque un sourcil étonné. Elle hait ce type.

— Vraiment ? Je peux déjà facilement obtenir sa panse, rigolé-je.

Elle lève les yeux au ciel, en retenant un rire face à l'imitation que j'en fais. Les bras pendants en arrière et la langue sur le côté de ma bouche, comme un chien en chasse.

— Tu as gagné ! S'il te plaît, ne refais jamais ça, hurle-t-elle en quittant la pièce.

Son ton est joyeux et je suis content d'avoir désamorcé la discussion initiale.

Je comprends ce Davis. Elle possède un corps divin, mais qui ne me donne pas envie. Cela n'est ni de sa faute ni de la mienne si toutes mes pensées sont tournées vers Eliot.

— Tu es sûr de ne pas te sauver en plein milieu de mon discours, ou pire du sien ? s'assure-t-elle pour la millième fois durant le trajet qui nous emmène à la réunion publique de la ville.

— Hunny, j'ai loupé le dernier dîner et je sais que tu m'en veux encore pour ça.

Elle acquiesce et j'essaie de ne pas me remémorer, à quel point j'ai dû prendre sur moi pour ne pas quitter la maison ce soir-là. Même si sa colère était justifiée, je n'avais même pas pu lui parler des enfants entre la vie et la mort après l'accident du bus. Ses cris avaient comblé la discussion, menant à un monologue virulent de sa part et un mal de crâne pour moi.

— Comme prévu, je pars dès que tu as terminé ton discours. Je salue deux trois personnes avec toi et annonce devoir partir pour sauver des vies. Un jeu d'enfant, m'exclamé-je trop joyeux pour être crédible.

— Tu n'as pas besoin de faire semblant d'aimer ça.

Je ris, elle m'accompagne dans cette manifestation nerveuse.

Nous avons fait des dizaines de galas de ce genre, souriants et assurant que notre couple était le plus merveilleux et solide. Sur ce dernier point, je n'ai jamais eu l'impression de mentir.

J'aime ma femme et la respecte infiniment. Je ne suis qu'admiration pour sa détermination et la vendre face aux journalistes présents à ces soirées est un exercice simple pour moi.

— Vous êtes R.A.V.I.S.S.A.N.T.E ! s'extasie Arnold, un des nouveaux de son équipe de campagne.

Un brin extravagant, il me tape rapidement sur le système, mais mon épouse semble l'adorer. Comme quoi, les goûts et les couleurs.

— Arnold, comment se passent les préparations ?

— Parfaitement bien. Il est déjà arrivé, déclare-t-il.

Il fixe sa montre avant de rajouter :

— Il y a 4 minutes et 32 secondes.

Elle hoche la tête et retouche sa coiffure en cascade avant de s'avancer vers les deux portes à battants devant nous.

*Le show peut commencer*, pensé-je en la voyant changer de démarche. Plus conquérante, elle quitte son habit d'épouse pour emprunter celle de maire et candidate.

Sa transformation se fait en une fraction de seconde et j'en suis ébloui comme à chaque fois.

Tel un caméléon, elle se fond dans son rôle pour l'incarner à la perfection. Je ne deviens alors que le valet de la dame de cœur et cela me convient.

Une fois entrée dans l'arène, je m'assois à la place qui m'est attribuée sans un mot. Je n'oublie pas de saluer les personnes incontournables avant de me déconnecter.

Le secret pour survivre à la carrière politique d'un conjoint, quand cela ne nous intéresse pas, c'est de ne pas écouter. Aussi simple qu'efficace. Mes pensées divaguent jusqu'au changement de parolier. J'applaudis et me lève quand il faut. Au moment de son passage, une boule d'angoisse s'installe insidieusement en moi, espérant qu'elle brillera comme toujours. Lorsqu'elle termine son discours, je suis soulagé et heureux.

Elle m'invite à la rejoindre au milieu d'une petite foule de contributeurs et je me prête aux serrages de mains et aux sourires forcés. L'exercice ne me fait pas voir le temps filer et je dois rapidement m'excuser auprès de nos invités et de ma femme.

— Un qui sauve des vies et l'autre notre ville, un couple merveilleusement assorti, s'exclame une femme d'un certain âge qui ne me revient pas.

— Si vous saviez à quel point vous avez raison, appuyé-je en les saluant une dernière fois.

Je ne vois pas le regard de ma femme, mais je sais que mes mots la touchent.

Malgré les aléas, elle sait que je l'aime, à ma manière.

Le trajet en voiture est rapide pour rejoindre l'hôpital. Au final, j'y arrive même en avance.

J'ai le temps de boire un café avec mes collègues avant de commencer mon service. Les ragots sont toujours sur le même sujet et je m'en désole. Dean est dans toutes les bouches. Elles semblent plaisir à le rabaisser, tandis qu'elles lui couraient après, il y a encore quelques semaines.

— Harold, tu devrais arrêter de le défendre dans cette histoire… Ça pourrait se répercuter sur toi et…

— Et rien du tout, coupé-je ma collègue. On n'a aucune preuve de quoi que ce soit dans cette affaire, alors arrêtez de colporter des rumeurs infondées, m'énervé-je avant de sortir de la salle de repos.

J'entends le soupir entendu des femmes derrière moi et cela m'importe peu.

Je rejoins le troisième étage, la tête un peu ailleurs. J'ai encore quelques minutes à moi et j'ai besoin de m'aérer l'esprit.

La chambre d'Eliot est le premier endroit auquel je pense, avant de changer d'avis. Il n'a pas besoin d'ondes négatives pour le moment.

J'erre dans le couloir quand j'aperçois sa silhouette. Je n'hésite pas une seule seconde, comme ma femme n'arrête pas de répéter, mieux vaut crever l'abcès, le soigner et ne plus en reparler que de l'observer s'infecter. Rien de très glamour, mais aisé à comprendre.

Mon bras attrape celui de Julia pour l'entraîner dans la première chambre qui vient.

Un homme, intubé et inconscient, est sur son lit.

Mon amie me fait des gros yeux sur mon comportement plutôt limite. Je ne lui en tiens pas rigueur et l'invite à s'asseoir sur un des fauteuils de la pièce.

— Qu'est-ce que tu fais, j'ai du travail et…

— On doit parler avant. Cinq minutes, claqué-je.

Elle écarquille les yeux.

Je n'ai pas l'habitude d'ordonner quoi que ce soit, mais je n'en peux plus de vivre dans cette ambiance.

Si Julia prend la défense de Dean, malgré leur différend, peut-être que l'opinion des autres membres du personnel pourrait se modifier.

Je sais que j'ai peu de chance de la faire changer d'avis avec James derrière elle, mais qu'importe. Je dois essayer.

— On a choisi son camp alors ?

Elle relève les sourcils, sans savoir de quoi je parle.

— Tu abandonnes Dean à l'opinion publique et la meute de chiens enragés, dis-je en désignant le couloir derrière elle.

Elle ferme la porte pour nous apporter une certaine intimité et s'assoit sur le rebord d'un des sièges, les bras croisés.

La discussion ne va pas être de tout repos, au vu de sa position défensive.

— Tu es gonflé de dire ça.

Sa voix se répercute dans la chambre et j'attends qu'elle enchaîne.

— Je n'ai rien fait. Elles parlent toutes et je ne contredis rien, parce que je ne sais rien.

— Tu pourrais défendre l'homme que tu as appris à connaître, argumenté-je n'aimant pas la voir se cacher derrière le « je ne dis rien, donc je ne fais rien de mal ».

— Dire quoi Harold ? Qu'il a voulu ruiner mon mariage en prétendant que James était infidèle ? Parlant de notre rapprochement devant mes proches ? Je dois défendre un tel homme, d'accord. Mais donne-moi une seule bonne raison.

Les paroles de Julia me bloquent un instant. Dean ne m'a pas menti, il n'y est pas allé de main morte le jour de son mariage. Je n'ai aucune idée de la raison de son comportement, néanmoins, je suis persuadé qu'il a ses raisons. Et le sujet n'est pas là.

— On peut faire beaucoup de choses idiotes par amour. La preuve en est à l'heure actuelle avec toi.

— Ce n'est pas de l'amour. Plutôt de la haine ou… de l'indifférence.

Je lâche un petit rire faux, ce qui l'intrigue. Elle bouge d'une fesse à l'autre, mal à l'aise, ne contrôlant pas la conversation comme à son habitude.

— Vraiment ? Est-ce pour ça que tu n'adresses plus la parole à ton amie Tara ? Pour de l'indifférence ?

Elle serre les dents sous mon coup bas. Pensait-elle que je n'étais au courant de rien ?

J'ai rencontré le petit rayon de soleil prénommé Tara, lors d'un de nos déjeuners avec Dean. Elle avait voulu passer en coup de vent pour lui demander conseil et nous avons fait connaissance.

Une charmante et pétillante femme, un peu trop proche de Dean au goût de Julia, selon les dernières nouvelles.

— Tu ne sais pas de quoi tu parles !

Ses yeux sont injectés de larmes et je suis à deux doigts de m'excuser avant de me souvenir des paroles de ma femme : « *Si tu veux obtenir quelque chose de quelqu'un, ne sois pas mou mais juste* ».

La frontière entre le juste et la méchanceté est fine et j'ai peur de la dépasser lorsque je lui réponds :

— Ah oui ? Parce que je suis l'ami de Dean, je suis incapable de voir la situation comme elle est ? Je suis le tien aussi. Et tu n'as rien d'objective non plus. Entre Dean, James… Tu es loin d'être la plus impartiale.

Ma voix s'estompe petit à petit, laissant un silence pesant remplir la chambre. Seuls les petits bips artificiels du respirateur le brisent par vagues régulières. Nous restons figés dans nos pensées de longues minutes.

— On ne peut jamais être impartiale quand cela concerne les sentiments, murmure Julia, des larmes coulant sur ses joues.

La voir peinée de la sorte me fait mal au cœur, mais nous devons avoir cette conversation. Ce qui se joue en dehors de cette chambre est vital pour Dean et il a besoin du soutien de Julia.

Même si elle n'en a pas encore conscience, elle peut changer les choses.

Une seule femme de son côté et la balance pourrait s'inverser.

— Alors tu avoues en avoir pour Dean.

Je reste étonné de sa révélation. Je n'avais pas pensé assister à cette tournure dans notre conversation. Est-ce plus simple que je ne l'aurai cru ? Julia semble touchée par mes mots et la situation…

— Ce n'est pas une question d'avouer ou non, s'exclame-t-elle. C'est bien plus compliqué !

— Compliqué ? Je crois que c'est toi qui souhaites que cela le soit, lâché-je.

— Ce n'est pas ça Harold. J'ai du mal à comprendre ta réaction. Tu as été… enfin durant des années tu en as aimé un autre et pourtant tu respectes ta femme. Rien n'est jamais simple quand cela concerne l'amour, sinon les films à l'eau de rose ne seraient pas aussi nombreux chaque année. On n'aurait pas créé le mythe de la branche de gui. Les plateformes de rencontres ne se développeraient pas avec succès, si aimer était aussi simple qu'un oui ou un non.

Je ris. Peut-être parce que ma femme m'a sorti les mêmes choses, il y a quelques années. Ou que son attitude n'a jamais été aussi risible qu'à cet instant.

— Quoi ? Que vas-tu me dire ? Que je suis idiote d'être retournée avec James ? Ce n'est pas parce que Dean parle bien qu'il dit la vérité. J'aime mon mari. Oui, parfois je ne suis pas d'accord avec lui, sa manière d'être avec toi particulièrement. Ce n'est pas pour ça que je dois sans cesse m'interroger sur le choix que j'ai fait. J'ai simplement écouté ma raison. James est sincère avec moi. Dean a joué avec moi, comme avec toutes les femmes. Et il déteste perdre.

J'hésite à lui rappeler les professions des deux hommes en question.

Un avocat n'est-il pas censé si bien parler que le jury se laisse aisément berner ? N'est-ce pas la caricature du médecin d'être un tombeur invétéré ?

À la place, je m'assois et entame la deuxième conversation de ce style dans ma vie. Nostalgique, je me projette des dizaines d'années en arrière.

J'avais à peine vingt ans. Les joues creuses et la peau cireuse…

**1975 — Pensacola**

— Sergent !

Je me retourne vers le gradé qui accourt vers nous. Ce n'est pas moi qu'on vient d'interpeller mais le Sergent Illigans, à ma droite.

Je tourne la tête vers l'intéressé, aussi exténué que nous. Colins et Zapper s'appuient l'un sur l'autre pour ne pas s'écrouler. Une marche de 17 heures dans la jungle des Viets, la peur au ventre, l'estomac vide et l'espoir à néant ont ruiné le peu d'énergie qu'il nous restait. Ensuite, ce transport en avion, assourdissant et long.

Être chez nous, cela nous paraît encore irréaliste. On pense à nos frères restés là-bas. Dans cet enfer sans nom. Moi, je pense aussi à ma famille. Ma mère, mon frère et les autres… Ils doivent attendre l'arrivée d'une délégation pour annoncer ma mort à l'heure actuelle.

Quatre survivants dans notre bataillon et les journalistes n'en savent rien. Ils ont dû retenir les bombardements, le lieu des dégâts et le déploiement de notre unité là-bas, sans penser que quatre hommes, plutôt chanceux, avaient dû partir à l'aube pour porter secours à une autre unité.

— Un homme de médecine qui sauve sa vie grâce à sa vocation de sauver celle des autres, s'amuse le militaire étreignant mon supérieur.

Le sergent Illigans rigole dans les bras de cet homme inconnu, au grade bien plus inférieur que nous.

— Heureux de te revoir petit frère.

Les traits de ressemblance nous apparaissent alors. Il y a bien du Illigans chez ce jeune militaire, même s'il en impose moins que son aîné, c'est certain.

— Vous faites quoi ce soir ? Une petite tournée des bars ? s'exclame le plus jeune des deux à son frère et nous.

Je ris sous les cris de joies de Colins et Zapper pourtant à bout de force. Il s'en va, en nous hurlant une adresse, non loin de la base. Sûrement le repère de tous les nouveaux arrivants.

— Un petit repos de quelques heures et une bonne douche avant alors, dis-je en époussetant ma tenue tâchée de sang.

Ce mouvement me montre que je porte encore le brassard de l'unité de médecine à mon bras. Infirmier soldat, voilà pourquoi j'ai soigné. Tuer ne m'intéresse pas. Soigner oui. Comme les trois hommes qui me font face.

— Oui. On en a tous besoin, concède mon sergent, les yeux dans le vide.

Malgré son sourire de façade face à son frère, nous savons tous qu'il souffre.

En réalité, nous aurions dû revenir à cinq ici. Avant d'embarquer, un Viêt-cong fiévreux s'était élancé sur nous. Il n'avait aucune arme. Nous si. Personne n'avait tiré, il reconnaissait notre badge de médecine. Il voulait juste de l'aide. Rogers s'était approché pour lui porter secours.

C'est Illigans qui avait réagi en premier. Il avait voulu le retenir, se souvenant du cercle de mine que nous avions posé à notre arrivée.

— Pour se protéger d'une attaque de nuit, avait expliqué alors le sergent en commençant la pose.

Le cliquetis, nous l'avions tous entendu. Rogers avait eu le temps de se retourner vers nous avant de partir en mille morceaux.

Nous ne sommes pas responsables. Personne ne l'est. Mais aucun de nous n'a signé pour tuer et c'est ce que nous avons fait, indirectement.

— J'ai un rapport à déposer, je vous rejoins, dit le sergent en désignant nos baraquements plus loin.

Aucun de nous n'essaie de chercher plus loin. L'envie d'être seul de notre sergent est plus qu'évidente.

— Tu vas appeler ta chérie ? s'enquit Colins, en me lançant un regard rieur.

Il parle d'une jeune femme que j'ai rencontrée juste avant de partir. Elle n'est pas la plus jolie de mon village natal, mais elle a la tête sur les épaules. C'est important. On dit dans le coin qu'elle ne peut pas faire d'enfants.

Égoïstement, cela m'arrange. Jacky, ma sœur, a déjà une ribambelle de petits que j'adore gâter à mes retours. Et John, mon cadet, a bien l'intention de battre son record.

Je n'ai pas besoin de faire d'enfants pour que la lignée continue.

— Calme-toi, elle n'a encore rien signé, lancé-je.

Il rit. Je m'éloigne du petit groupe pour trouver une cabine téléphonique. Ma mère m'a bien élevé. Avant chaque retour, j'appelle chez moi pour prévenir tout le monde de mon arrivée. Après quatre tonalités, je laisse tomber, ma mère ne doit pas être là. N'ayant en tête le numéro de personne d'autre, je raccroche, un peu déçu.

Je sors de la cabine pour me diriger vers notre baraquement. La fatigue me pèse et je rêve déjà de m'écrouler sur mon lit pour n'ouvrir les yeux qu'au petit jour quand Fingins, un chargé de communication avec qui le courant passe bien, s'avance vers moi, l'air tout excité.

— On part pour Nash ! Tu veux venir avec nous ? Ils utilisent un avion pour un chargement et il y a la place pour une dizaine de gars... On dit qu'il n'y a pas de meilleurs bars que là-bas...

— Je ne sais pas si...

— Allez ! C'est peut-être notre dernière soirée tous ensemble avant qu'on reparte dans nos campagnes ! Dernière nuit avant d'être des hommes rangés et responsables !

Je lève les yeux au ciel. Fingins est connu pour sa façon de dramatiser toutes les situations. Les gars et moi, on l'imagine bien finir dans le théâtre, pleurant sur scène dans une pièce dramatique. Lui, il nous assure qu'il va épouser son Agathe et reprendre la petite imprimerie de son père.

— Si j'ai le temps de prendre une douche, OK !

— Impossible, il part maintenant. J'ai des affaires de rechanges là-dedans, ça devrait t'aller, dit-il en soulevant le sac qu'il porte dans sa main.

Il se met à trottiner en tournant la tête vers moi plusieurs fois pour m'inciter à accélérer le pas. J'abandonne mon rêve de sommeil pour le suivre. Être dans le service médical de l'armée ne m'aura clairement pas permis de dormir décemment jusqu'au bout.

Je vois Colins et Zapper arriver vers nous, accompagnés des deux frères Illigans, la mine réjouie à l'approche d'une soirée de beuverie.

— Le soleil n'est pas encore couché et on s'apprête déjà à soulever des pintes, s'exclame Colins.

Zapper pousse un petit cri joyeux tandis qu'on monte dans l'avion. Nos places ne sont pas très confortables mais le trajet ne dépassera pas les deux heures. Je pose mon visage contre l'une des sangles de sécurité dans l'espoir de trouver un peu le sommeil quand mon camarade Zapper se met à entonner une chanson suivi de son compère, toujours prêt pour mettre l'ambiance. Je soupire. J'ai dû les supporter durant des mois et cela n'est toujours pas fini. Les yeux clos, j'assiste à un concert de fausses notes en imaginant le carnage que la nuit promet.

Seul le sergent Illigans reste silencieux. On ne sort pas indemne de la guerre, surtout quand on commandait une équipe qui ne revient pas entière. J'ai envie de lui glisser quelques mots, mais l'intimité n'est pas de rigueur ici.

Parfois, je rouvre les yeux pour m'assurer qu'il tient le coup. Les yeux perdus dans le vide, il ne réagit à aucune des boutades de ses frères d'armes.

Il me fait de la peine et je me rends compte de la chance que j'ai de rentrer bientôt chez moi, quasiment comme neuf.

À peine le train d'atterrissage enclenché que Colins s'agite sur son siège.

— On fait la tournée des bars ou on choisit un QG pour toute la nuit ? s'excite-t-il.

— Un seul, si vous arrivez à ne pas vous faire virer, grogne notre sergent.

Sa réflexion me fait sourire, tandis que Colins et Zapper lui offrent une moue outrée.

— Ce n'est jamais de notre faute chef ! se défend le premier.

Personne ne réagit, choisissant d'ignorer leurs plates excuses. Le sergent ouvre la marche et nous descendons pour découvrir la ville de Nashville.

L'avion décollera aux alentours de sept heures, ce qui nous laisse presque dix heures pour profiter des joies de cette ville. La fatigue est toujours omniprésente de mon côté quand nous entrons dans le premier bar. L'ambiance country et les sourires charmants de nos hôtesses nous laissent présager d'une bonne soirée.

— Elle te fait de l'œil, me lance Colins alors qu'une femme nous apporte la première tournée.

Élancée, vêtue d'une jolie jupe, ses cheveux blonds tombant en cascade sur ses épaules, elle est très charmante. Elle m'adresse un petit clin d'œil amical, auquel je réponds par un sourire.

À peine est-elle partie que Zapper en rajoute.

— Tu n'es pas marié, allez, faut en profiter avant d'avoir l'anneau au doigt, s'exaspère-t-il.

Je lève les yeux. Je n'ai aucune envie de flirter avec une inconnue ce soir, mais après une dizaine de remontrances, je décide d'avaler d'une traite ma pinte et de me diriger vers le bar pour leur donner l'impression que j'essaie de l'interpeller.

Une fois les coudes sur le bois où des verres s'accumulent, je me permets de bailler de tout mon saoul.

— Dure journée ? s'enquit un inconnu à côté de moi.

Mes yeux à demi clos se posent sur lui. Il a le teint d'un jeunot, mais a les tatouages d'un marine.

Il n'est pas en uniforme ce qui ne me permet pas de bien distinguer son régiment. Son t-shirt blanc, simple et moulant sa musculature impressionnante me fait ressentir de la gêne. J'ai plus le physique d'un gringalet des villes que d'un militaire taillé pour la guerre.

— C'est quand on s'arrête que c'est le plus fatiguant, avoué-je en bâillant une nouvelle fois.

— N'abusez pas sur l'alcool, alors ! Ça aide, les premiers verres, les suivants nous achèvent, rit-il.

Je hoche la tête, notant ça dans un coin de ma tête.

— Et vous êtes un marine, supposé-je.

— Field Officers, précise-t-il en s'asseyant à côté de moi. Lieutenant Colonel Eliot Rechenko, ajoute-t-il.

— Enchanté. Vu que je termine mon service ce soir à minuit, retenez juste infirmier comme fonction… Et moi, c'est Harold.

Il attrape la main que je lui serre, gardant son regard fixe sur moi. Ma manière de me présenter, peu orthodoxe, semble l'avoir légèrement désarçonné, j'en suis content. Nous restons un instant, figés, les mains liées, avant que la serveuse vienne nous interrompre.

— Eliot, comme d'hab? s'exclame-t-elle, flirtant ni plus ni moins avec lui.

— Oui et la même chose pour mon ami, répond-il sans la regarder une seule seconde.

Je souris, dans cette ville, on se fait plus facilement des amis que chez moi apparemment. Je trouve cela convivial et je ne le reprends pas, essayant d'être aussi chaleureux que lui.

— Vous êtes un habitué alors?

— Nashville est mon point de chute, déclare-t-il.

— Ceci explique cela.

— Tout dépend. Qu'entendez-vous par là?

— La serveuse a l'air bien renseignée sur vos goûts.

— Pas tous, je vous l'assure.

Il dit ça en attrapant une des olives sur le comptoir pour la glisser entre ses dents.

— Ah oui?

— Vous êtes bien curieux, Harold l'infirmier.

— On me l'a déjà dit.

— C'est bien. J'aime les gens qui ne restent pas dans le confort du quotidien.

— Je... Merci.

Je ne suis pas sûr de la signification de ses paroles mais son sourire me met en confiance. J'attrape prestement la boisson qu'elle me sert pour l'ingurgiter d'un seul coup.

— Doucement, il n'y a rien de plus traître que la fatigue, souligne Eliot.

Je lui offre un clin d'œil, assuré de gérer la situation. Il rit en avalant une petite gorgée.

— Alors, dites-moi, que veut faire l'infirmier après un passage éclair dans l'armée?

— Vietnam, pas si éclair, marmonné-je.

— Cette merde… On y est tous allés ici. Une plaie qu'on est content d'avoir refermée.

— C'est certain !

Il lève son verre contre le mien avant de commander une autre tournée. Je le laisse faire, sentant mes yeux s'ouvrirent plus facilement qu'à mon entrée dans le bar.

— J'aimerais travailler aux urgences.

— Déjà la nostalgie de l'armée, s'amuse-t-il.

Il n'a pas tort. L'urgence, les soins rapides, la précipitation et l'adrénaline… Les urgences, c'est un mini-lieu de guerre.

— Vous n'avez personne qui attend le brave infirmier ? m'interroge-t-il après le troisième verre ingurgité avec lui.

Je hausse les épaules.

— Est-ce que ça compte vraiment ?

Ma voix est pâteuse et faible.

— Sûrement pour beaucoup, dit-il pensif. Vous n'avez pas envie de fonder une famille ?

— Non. J'ai envie d'aimer, mais je crois avoir loupé ce passage dans l'apprentissage de la vie, rigolé-je, en imaginant le visage de celle qui m'attend.

Aucune émotion ne surgit en pensant à celle que je dois pourtant épouser dans la logique des choses.

— Je crois que…

Je m'arrête en pleine phrase pour me tenir la bouche. Le lieutenant-colonel rit avant de m'attraper le bras pour me conduire aux toilettes.

J'ai à peine le temps de viser une cuvette que je vomis la totalité de mon estomac.

— Pour une première impression, vous faites fort, s'exclame Eliot en m'observant vomir mes tripes sur la faïence des toilettes.

Je m'essuie la bouche avec le papier qu'il me tend et pose ma tête contre le carrelage froid qui recouvre la pièce du sol au plafond. Je sens son regard sur moi, mais honteux, je n'ose pas ouvrir les yeux.

— Ça va mieux ?

— Oui.

Les relents de vomi se sont arrêtés et mon estomac semble plus enclin à dormir qu'autre chose, ce qui me rassure. Je n'ai aucune envie de passer ma soirée la tête au-dessus des toilettes, observé par un inconnu plus gradé que moi.

— La fatigue ?

— Bizarrement, je n'ai plus l'impression d'en avoir, remarqué-je.

— Comme quoi, parfois il suffit d'une bonne biture et le tour est joué.

— On a les deux remèdes pour une belle vie alors.

Je remercie mentalement le carrelage de garder autant de fraîcheur pour réussir à me maintenir d'aplomb face à cette discussion.

— Les deux ? s'étonne Eliot.

— Oui. Une nuit d'amour et une nuit d'alcool. L'une apporte le sommeil et l'autre enlève la fatigue, quoi de mieux.

— Une nuit d'amour ? répète-t-il comme s'il ne comprenait pas le sens de ma phrase. Ne me dis pas que tu...

— Que je quoi ?

— Tu ne l'as jamais fait ! Impossible de l'appeler comme ça autrement !

— Non je...

Je reste silencieux avant de soupirer. À quoi bon essayer de le convaincre de quelque chose, juste après avoir vomi des litres d'alcools, dans les toilettes d'un lieu inconnu, dans une ville où je ne vais probablement jamais remettre les pieds.

— Oh et puis merde, je ne te reverrai jamais de toute manière.

— Aïe.

— Quoi ?

— On touche à ton égo alors tu attaques. Moche comme réaction.

— OK c'est bon désolé. Oui, je n'ai jamais rien fait de… enfin pas besoin d'un dessin.

Le visage d'Eliot se fige, l'air très pensif. Je serre les dents, m'attendant à toutes les remarques les plus désobligeantes que mes camarades de l'armée auraient déjà balancées, sans attendre.

— Manque de temps ? De femmes ? D'envie ?

J'écarquille les yeux. C'est la première fois qu'un autre homme laisse pointer la possibilité que je n'ai pas d'envie. D'habitude, quand on l'apprend, ils me harcèlent pour savoir comment je tiens sans. Impossible donc d'avouer que je le vis très, très bien.

— Envie probablement.

— Ça, je comprends bien.

— Dit-il après avoir passé la nuit dernière avec sa charmante serveuse.

— C'est ce que tu penses ? Pour un curieux, tu ne cherches pas très loin.

— D'accord, alors dis-moi avec qui projettes-tu de passer la nuit ?

— Il y a encore deux heures, je t'aurais dit seul. Puis j'ai serré la main d'un petit gars modeste et je commence à entrevoir une autre nuit.

Je reste muet. L'alcool ne m'aidant pas à réagir rapidement, je l'observe, les yeux ronds.

Il ne baisse pas les yeux, assumant ses paroles.

— Mais vu ta tête, je dirais que je vais finir ma nuit seul, s'amuse-t-il.

Pris au dépourvu, je cligne des yeux plusieurs fois. Il sort de la pièce sans rien dire et je repose ma tête sur le carrelage. Mon cœur bat la chamade et mes mains tremblent.

— C'est l'alcool, Harold. Simplement l'alcool.

Je me répète ça plusieurs fois avant qu'un homme déboule ivre dans les toilettes, me faisant sursauter.

— Désolé gars mais je vais avoir besoin de…

Il ne termine pas sa phrase. J'ai à peine le temps de me décaler qu'il vomit ses tripes un peu partout. Écœuré par l'odeur, je sors des toilettes. Mes yeux mettent du temps à s'habituer à la lumière tamisée diffusée dans le bar.

— La soirée commence enfin, s'exclame une femme au déhanché souple.

Je vois tout le monde se lever, verre à la main, pour venir danser au milieu de la piste.

Mes frères d'armes sont au fond, ivres, et chacun en très bonne compagnie.

Le fait d'avoir vomi m'a complètement dessaoulé et je n'ai pas tellement envie de rester ici.

Je m'avance vers la sortie quand je vois Eliot, penché vers l'oreille d'un militaire, un peu plus vieux que moi. À leur manière d'être, ils se connaissent déjà. Les mains de l'inconnu se posent sur les hanches du lieutenant-colonel.

Autour d'eux, tout le monde comate et personne ne semble remarquer leur manège. Une colère sourde monte en moi quand Eliot croise mon regard. Impassible, il le soutient sans aucune gêne.

Je décide de sortir avant de m'énerver sous le coup de la colère et des particules d'alcool qui coulent encore dans mon sang. L'air frais de cette soirée déjà bien entamée me donne un coup de fouet salutaire.

— Respire, marche un coup et tu rejoins les gars plus tard, dis-je à voix haute pour contrer les différentes alternatives qui me passent à l'esprit.

— Besoin de quelqu'un pour t'accompagner « marcher » ?

Je ne me retourne pas, persuadé d'inventer cette question. Mes pieds foulent le sol de la rue et je m'engage dans la première ruelle pour sortir de l'agitation des devantures de bars.

— Ils sont tous comme ça chez toi ?

Je m'arrête, cette fois-ci incertain de la provenance de cette voix.

— Ah, tu arrêtes de m'ignorer ?

Je pivote sur moi-même pour contempler Eliot, les cheveux un peu plus en arrière, un verre dans la main et visiblement un peu amoché par l'alcool.

— Tu devrais y aller, il t'y attend je crois, craché-je avant de continuer mon chemin.

— Si je n'étais pas persuadé que tu es plutôt femme, j'aurais pu croire que je te plaisais.

Mes poils se hérissent à cette simple suggestion.

— Écoute, je fais des efforts pour ne pas te juger, alors évite de pousser le bouchon trop loin, le prévins-je.

En réponse, il rit. Je m'arrête à l'ombre d'un hôtel fermé pour lui faire face. Comme je le présumais, il m'a suivi, gardant un peu plus d'un mètre de distance entre nos deux corps.

D'ici, son t-shirt est plus fin que je ne l'avais cru. Pendant un instant je frissonne pour lui. Le froid est insidieux dans cet état, mais présent.

— J'ai une tâche ?

Il dit ça en observant sa tenue que je fixe bêtement. Je secoue la tête et bégaye une explication incompréhensible, face à ma façon de le regarder.

— Aucun souci mon pote. Je voulais juste m'assurer que tu n'étais pas un de ces militaires ivres qui devient une proie facile contre les anti-armées. Il y en a quelques-uns ici et…

— Je vais bien, c'est bon. Pas besoin de nounous.

— Oh ça, c'est sûr, glisse-t-il en appuyant sa réponse d'un clin d'œil.

Je le vois s'éloigner quand j'entends une voix ressemblant fortement à la mienne, le héler.

— Eliot. Je ne veux pas que ça se sache.

— OK, pas de problème, mais on parle de quoi ? Que tu aimes les hommes ou que tu n'as jamais touché encore personne ?

Je reste muet face à son culot et je suis incapable de répondre tandis qu'il part, fier de lui. Sa silhouette disparaît rapidement. Adossé au mur de l'auberge close, je regarde les allers et venues des clients du bar. Pas une seule fois, Eliot ne ressort. Je ne vois pas non plus mes camarades. Rien.

Le silence m'envahit tandis qu'un sentiment d'échec monte en moi. Je regrette de ne pas lui avoir répondu. De ne pas lui avoir donné tort face à ses accusations infondées.

Je dois lui reparler et lui dire le fond de ma pensée. Il n'a pas le droit de dire des choses pareilles sans en subir les conséquences. Je traverse la rue et me retrouve plongé à nouveau dans l'ambiance du bar. Mon corps tremble sous l'adrénaline. Je ne veux pas perdre mon courage, alors j'avance directement vers sa silhouette musclée.

Son t-shirt est presque transparent sous la lumière et je devine aisément son corps. L'homme de toute à l'heure est collé à lui, un sourire idiot plaqué sur les lèvres, tandis qu'Eliot commande une autre tournée. Sans préambule, je débarque dans sa conversation avec la serveuse, le fusillant du regard.

— Qu'est-ce que tu veux, infirmier ? lâche-t-il comme si la conversation de dehors n'existait pas à ses yeux.

Je l'observe et un éclat mutin brille dans son regard. Sa question n'est pas si anodine et j'en comprends le sens juste avant d'y répondre.

— Rien.

— Tu es sûr ? C'est ce que tu ressens là, dit-il en pointant de son doigt ma poitrine. Rien…

Le contact de son corps même à travers le t-shirt prêté par Fingins électrise mon torse déjà sous tension.

— Je…

— Tu…

Les mots se perdent dans mon esprit. Tel un homme des cavernes, je préfère employer la manière forte. Je ne sais pas encore pour quelle solution j'opte quand ma main attrape la sienne pour nous éloigner vers le fond de la salle, à l'endroit où j'ai repéré plusieurs lumières défectueuses.

Complètement plongés dans le noir, au milieu d'ivres sans curiosité, je le plaque contre le mur.

— Cela te va bien de t'énerver, glisse-t-il sans bouger.

Mon poing se fige sur le mur à quelques centimètres de son visage. J'ai envie de le frapper. Une colère inconnue gronde en moi tandis que j'abats mon deuxième poing de l'autre côté.

Il s'apprête à parler quand je l'arrête de la seule manière qui me vient à l'esprit. Mes lèvres se plaquent sur les siennes. Il accueille les miennes sans paraître surpris.

Notre baiser est rapide avant que je recule, la tête tournante.

Je pivote sur moi après trois pas en arrière et cours. Je ne sais pas combien de temps. J'entends la voix de Colins m'apprendre qu'ils changent de bar. J'ai celle de la serveuse qui veut me retenir. Celle d'un homme, jurant après ma façon de pousser tout le monde sur mon chemin. J'ai la voix d'Eliot qui hurle après moi, dans les rues de Nashville. J'ai mon souffle court qui siffle durant ma course effrénée pour fuir quelque chose d'impossible.

Je veux oublier les battements de mon cœur qui m'oppressent la poitrine et qui n'ont rien à voir avec l'effort physique.

À peine ai-je appris ce que veut dire aimer, que je souhaite l'oublier.

**PRÉSENT — 14 octobre 2020**

Julia est livide, les mains tremblantes quand je m'arrête dans le récit de ma propre histoire.

— Et ? s'exclame-t-elle. Il t'a retrouvé ? Tu as fait demi-tour ? Tu ne vas pas me dire que ça se finit comme ça. J'ai vu comment tu le regardes, Harold, c'est…

— Julia. On ne fait pas toujours les bons choix quand on prend le parti de la raison. Ce soir-là, je suis parti pour ne pas me retourner. J'ai nié une partie de moi.

— Mais tu l'as revu ?

— Oui. Des années après. J'étais marié, dans une vie pleine de mensonges confortables. Je n'ai pas osé dire la vérité tout de suite. J'ai attendu d'être complètement sûr…

— Et…

— Ce qui est certain, c'est qu'au moment où nous sommes sûrs des choses, elles sont passées et ont existé sans nous.

— Je ne comprends pas.

— Julia, on sait la valeur des choses avec certitude que lorsqu'elles ne sont plus accessibles. J'ai compris qu'il était mon âme sœur quand je ne pouvais plus l'avoir.

Je la transperce, oubliant ma voix de jeunot de vingt ans. De cette vie, que j'ai choisie, quand je pensais même ne pas mériter de vivre. Je vois Julia paralysée. La peur de ce qu'on ne connaît pas apporte de la méfiance. Mais lorsqu'on sait exactement de quoi on parle, alors cela prend une tournure encore plus effrayante.

— Tu sais ce que cela fait de voir sa vie défiler plusieurs fois en seulement une semaine ? Avoir l'impression de mourir de mille et une manières… Puis au final, finir à terre pour une raison si futile que l'amour ? Sais-tu véritablement le pouvoir de l'amour sur ton corps ? Quand tu regardes James, cela te coupe-t-il la respiration ? As-tu ce vertige quand tu penses à quel point tu l'aimes ? Arriverais-tu à te réveiller le matin sans lui sur cette terre ? J'ai eu la chance d'aimer par raison et d'aimer sans raison. L'une est forte sans être vitale. L'autre est incommensurable, puissante sans pouvoir la choisir.

# Chapitre 6

Incapable de savoir quoi lui répondre, je me lève pour quitter cette atmosphère étouffante et son regard fixé sur moi.

Je sors de la pièce, la main sur le cœur. L'envie de vomir est plus forte que le reste. Je pousse la porte des toilettes. Je ne regarde pas si quelqu'un est déjà dans la pièce. Je me précipite au-dessus des cuvettes et vomis l'intégralité de mon estomac. Les relents ne s'arrêtent qu'au bout de la troisième fois. La main sur la poitrine, je relève les yeux sur un papy, à moitié habillé, un peu interloqué, qui m'observe dans le miroir.

— Pardon, dis-je mal à l'aise.

— N'ayez crainte, je n'ai pas l'occasion de les utiliser beaucoup de toute manière, rit-il en désignant sa poche.

Je ne peux m'empêcher de rire face à la situation cocasse. Il m'accompagne dans cet instant hors du temps et je l'en remercie.

— Enceinte ou malade ? s'enquit-il.

— Indécise plutôt…

Il lève les yeux au ciel.

— Les peines d'amour… Si vous voulez un conseil, écoutez les vieux roublards dans mon genre. Ce n'est que lorsqu'on est vieux que l'amour nous paraît un peu plus compréhensible. Avant, on nage dans la fosse aux requins, persuadé d'être un caïd. On ne pourrait pas avoir plus tort, s'esclaffe-t-il alors que j'ouvre la porte des toilettes.

— J'ai bien l'impression d'être dans la fosse, soufflé-je.

— Courage.

Je le remercie et sors, n'ayant plus aucune envie de rendre d'autres repas, ce qui est déjà un progrès.

Harold a raison, je dois être claire avec moi-même et prendre une décision, mais à cette simple conclusion, la bile me remonte.

— Où est Fin ? panique Nina en déboulant d'un seul coup devant moi, visiblement affolée

— Aucune idée, je…

Dean arrive, lui aussi, dans le couloir, l'air essoufflé.

— Où est le docteur Fin, hurle-t-il à son tour.

Sa question reste sans réponse, n'ayant pas envie de réitérer ma réponse peu productive.

— Tu es comme elle ? Tu ne m'adresses plus la parole à cause de cette histoire ? s'agace-t-il en me toisant d'un air méfiant.

— Qu'est-ce qu'il se passe ?

Je préfère parler travail que partir dans ce genre de débat inutile. En plus, il ose croire que je l'ignore à cause d'elle et de leur histoire invraisemblable, au lieu de s'imaginer que notre histoire commune me suffit comme raison pour l'ignorer.

— Une de ses patientes convulse alors qu'elle sort à peine du bloc. Les infirmières ont cru que c'était en rapport avec l'opération, mais cela n'a rien avoir d'après mon premier diagnostic et…

— Tu veux le trouver pour être sûr. On l'a bipé ?

— Oui, un million de fois.

Les mains de Dean se contractent et se décontractent plusieurs fois, preuve de son stress.

— Il devait faire des visites, il me semble.

— J'y vais, lâche Nina partant en courant vers l'étage où il peut se trouver.

— Je dois aller ch…

— Vas-y, je reste ici, le rassuré-je avant de rentrer dans la chambre concernée.

La femme est immobile, les yeux exorbités. Quelque chose cloche mais ses stats sont bonnes…

Un homme et une petite fille sont assis près d'elle, les yeux rivés sur les moniteurs.

— Monsieur, vous devriez éloigner votre fille, dis-je le plus doucement possible.

Une infirmière rentre à ce moment ce qui me soulage. Je n'ai pas encore l'habitude de communiquer avec les familles des patients. Sauf qu'au lieu de m'aider, elle prend les constantes et disparaît aussi vite qu'elle est arrivée.

— Vous êtes médecin ? Vous allez sauver ma maman !

Le fait que sa deuxième phrase ne soit pas une question me met une pression importante. Décevoir un enfant, ce n'est pas pour ça que j'ai signé.

— Ma chérie, pour soigner ta maman, j'ai besoin que tu sortes avec ton papa.

La petite fille fronce les sourcils avant de sauter du lit pour m'obéir. Je suis assez étonnée de son comportement, mature pour le jeune âge qu'elle paraît avoir. J'espère que le père sera aussi discipliné pour ne pas m'obliger à dire des choses dures devant eux.

Il s'écarte de sa femme à contrecœur et lui souffle des mots doux avant de s'éloigner du lit de quelques pas.

— Monsieur vous devriez prendre votre fille et attendre dehors que…

Ma voix s'arrête, la petite fille a une drôle d'expression à côté de lui.

— Poussez-vous, ordonné-je au père, un peu perdu face à mon comportement tout à coup brusque.

Il regarde dans la même direction que moi pour constater un problème chez sa fille.

— Ma chérie ? Suzy ! panique-t-il en rattrapant son corps frêle qui tombe à la renverse.

Sa carrure massive m'empêche de voir le visage de son enfant et mes coups d'épaules dans les siennes ne semblent pas faire d'effet.

— Laissez-moi la voir, hurlé-je dans ses oreilles. Monsieur, elle va mourir dans vos bras si vous ne…

Je ne termine pas ma phrase qu'il lâche sa prise, me laissant approcher la petite. Par réflexe, je prends son pouls, sachant que je ne vais rien trouver. Ses pupilles et son teint m'indiquent qu'elle est en arrêt.

— CHARIOT DE RÉA, hurlé-je à pleins poumons en direction du couloir.

Un brouhaha à l'extérieur de la chambre rend inefficace ma demande.

— Merde, juré-je en arrachant son petit haut rose.

Je la positionne rapidement pour un massage cardiaque, vérifiant que rien ne peut la blesser sur le sol. Une fois certaine, je commence à la masser. Le décompte commence dans mon esprit et j'oublie le reste. Les sanglots du père, les pieds qui courent dans les couloirs, les bips incessants des machines.

Quand Dean entre dans la pièce à cause des alarmes venant du lit de la mère, je ne relève pas la tête, insufflant de l'air dans les petits poumons de la fillette.

— Non, non. Tu ne peux pas me lâcher ! Il est où le chariot de réa ! hurlé-je.

Je comprends qu'il vient d'arriver, mais pour la mère. Tellement prise dans le massage que je n'ai pas entendu les alarmes se déclencher, ni son état sombrer.

Dean, au-dessus de moi, a un choix à faire, essayer de sauver la mère ou l'enfant.

— La mère doit être réanimée. Elle fait déjà un massage à l'enfant, indique logiquement l'infirmière.

Je serre les dents, incapable de pouvoir me résigner à entendre le choix qu'il va faire.

— Chariot de réa ici, c'est urgent, hurle-t-il dans le couloir avant de revenir et dégrafer la fine chemise de la mère.

Une infirmière attrape l'époux et père pour qu'il n'assiste pas à une double tragédie.

Je l'entends pleurer, incapable de comprendre comment la situation a pu dégénérer aussi vite.

— Réveille-toi, soufflé-je en faisant les va-et-vient du massage.

La peau de la fille change de teinte et j'ai l'impression de la perdre de plus en plus.

— Ce n'est pas une option ma chérie. Tu ouvres les yeux.

Ma voix se faufile au milieu du brouhaha de la chambre.

— Respire, murmuré-je avant d'insuffler de l'air dans ses poumons.

Pendant une fraction de seconde, je crois qu'elle se met à respirer avant d'entendre Dean soupirer de soulagement.

Ils viennent de sauver la mère, tandis que petit à petit sous mes mains, elle s'enfonce.

— Ta mère est réveillée. Elle a besoin de toi. J'ai besoin que tu vives. S'il te plaît, la supplié-je, au bord des larmes.

— Deux minutes, déclare l'une des infirmières derrière moi.

— Taisez-vous, hurlé-je en continuant mon massage cardiaque. Tu vas t'en sortir, accroche-toi. La vie est si belle !

Je sens le monde bouger autour de moi. Ils vont amener le défibrillateur et elle va vivre. Ce n'est pas possible autrement.

— S'il te plaît ma puce… Tu…

Je m'arrête, ayant l'impression d'avoir senti quelque chose sous mes doigts quand les bras de Dean me soulèvent pour me faire comprendre que c'est fini.

— Non, ça marchait. Elle respire. Ça marchait…

— On essaie une charge, indique une médecin que je ne connais pas, s'approchant du petit corps de ma patiente.

Je bats des pieds quand il m'éloigne de la chambre, tandis que le père entre en hurlant de douleur.

Ma vision se brouille en même temps que mon cœur se brise en mille morceaux.

— Ce n'est pas possible… Elle respirait.

# Chapitre 7

## HAROLD — 14 octobre

J'entre dans sa chambre en silence. Les rideaux sont tirés à moitié, laissant une vague lumière éclairer la pièce.

— Eliot, mes collègues m'ont dit que tu as eu une nuit agitée…

Il fait une moue que je considère comme un acquiescement. Cela fait bien longtemps qu'il n'est plus en état de me répondre, mais je vois dans chacune de ses réactions, un signe, une réponse à mes paroles. La présence qui me manque tellement au quotidien.

— Tu as rêvé de notre voyage à Calcutta ? proposé-je. Tu le voulais tellement celui-là…

Je chuchote à présent, me replongeant dans notre dernière conversation endiablée à ce sujet.

## San Diego — 1992

— Harold, il n'y a pas mille façons d'aller là-bas. Tu poses tes fesses dans un avion et tu y vas, avec moi !

— Et je donne quelle excuse ?

— Qu'importe. Ta femme est tellement prise avec son poste d'adjointe au maire. Impossible qu'elle se rende compte de ton absence. Regarde, elle n'a pas encore appelé ce soir.

Je lève les yeux au ciel, il sait très bien pourquoi. Ma belle-sœur est en train d'accoucher et pour éviter d'être présente à ses côtés, elle a organisé le voyage des conseillers, pile la semaine prévue de l'accouchement, pour avoir l'excuse idéale.

Une semaine de tranquillité qui m'a permis de prendre du temps pour moi et de miraculeusement voir Eliot.

Six ans que nos chemins ne s'étaient pas croisés. La dernière fois, il avait meilleure mine et des histoires rocambolesques à me raconter.

Ce soir, à la place, il est têtu. Presque obstiné.

— Une seule semaine Harold, supplie-t-il.

— On la fera, promis je dois simplement trouver le…

— Promis ? Tu ne rigoles pas hein ? Tu me le promets ? me coupe-t-il n'ayant que faire de mes excuses bidons.

Nous trinquons à cet avenir mensonger et le souvenir s'efface.

## PRÉSENT — 14 octobre

— Je ne sais pas pourquoi je n'ai pas pris conscience du prix de la vie avant, tu sais, murmuré-je en passant le côté de mon pouce sur son visage figé. J'avais l'impression d'avoir la vie devant moi. De ne pas devoir me presser pour t'aimer… Le temps file si vite, soupiré-je.

Il plisse ses lèvres et je ris, nostalgique. Il faisait toujours cette moue quand j'avouais enfin mes torts. Mes larmes brillent sous ces souvenirs si intenses et frais dans ma mémoire.

— Je sais… Tu me l'as dit assez souvent pour que je m'en souvienne. « *Harold, comment peux-tu hésiter à vivre la vie dont tu rêves, quand tu vois celle de milliers d'humains s'évanouir devant toi en un instant, souvent bourrés de regrets ?* » me disais-tu sans cesse.

Je n'ai jamais compté le nombre de patients, trop jeunes, trop malheureux, trop hésitants ou lâches qui ont expiré leur dernier souffle dans mes bras. Trop nombreux pour dire honnêtement que je n'ai pas été prévenu en avance. Comme si la vie avait voulu me dire chaque année que l'horloge tournait à toute allure et que je faisais mine de l'ignorer.

— C'est vrai. Je ne sais pas pourquoi j'ai été si lâche.

J'attends une rebuffade de sa part, mais il reste muet, les yeux clos, à demi endormi dans ce sommeil qui le guette depuis plusieurs semaines.

— Tu te souviens de Julia, la petite interne dont je t'ai parlé, celle que Don Juan aime beaucoup ?

Je souris en utilisant sûrement pour la dernière fois le surnom qu'Eliot avait donné à Dean :

— *Tu sais pourquoi Don Juan et pas Casanova, avait-il dit sérieusement après leur première rencontre.*

— *On le connaît plus ?*

— *Non... Don Juan est un héros romantique. De ceux qui aiment et souffrent à la fois. S'il continue à être comme ça, un jour, il finira par mourir, le cœur brisé d'avoir aimé autant de femmes sans recevoir cet amour en retour.*

— *Elles l'aiment, avais-je répondu sûr de moi. Par dizaines même !*

— *Admirer ou désirer n'a rien à voir avec de l'amour, Harold. L'amour, c'est toi et ta femme, toi et moi... L'amour, c'est bien plus que ce qu'il vit aujourd'hui.*

Eliot avait ce côté sage et objectif que j'avais toujours envié.

— J'étais resté longtemps silencieux à tes côtés avant de te demander s'il trouverait un jour une femme prête à l'aimer pour l'autre partie de lui. Celle que toi, tu voyais.

Eliot s'agite un peu dans son sommeil et je vérifie son monitoring avant de continuer.

— Je crois qu'il l'a trouvée, soufflé-je. Elle est un peu comme moi, avoué-je les yeux perdus dans le vide.

La lumière entre par bribes dans la pièce, comme si les nuages se battaient pour obtenir l'attention du soleil face à l'attraction de la terre. Un peu comme Eliot avec moi, essayant de se placer devant moi, pour que j'ouvre les yeux et arrête d'éclairer le mauvais chemin, guidé par la peur.

— Elle est pleine d'envie... et figée par la peur d'être qui elle doit devenir.

Je soupire. À quel point suis-je mal placé pour la guider dans ses décisions. Moi qui n'ai jamais réussi à affronter mes sentiments pour suivre mon cœur.

Son couple officiel, vanté par tous, par sa mère surtout, ressemble à celui que j'ai choisi d'arborer à mon retour de l'armée. Un mariage sans bavure et attendu.

La facilité n'est pas mauvaise quand elle est choisie avec le cœur.

— J'ai dû mal à lui faire comprendre que pour être heureuse, elle doit apprendre à s'aimer.

Eliot plisse des paupières, faible réaction à mes mots. Mes doigts glissent dans les siens et je m'y accroche, telle une bouée.

— Elle l'aime, tu sais.

De qui suis-je en train de parler ? Il n'a pas besoin de me le demander. Moi-même, je m'interroge sur le sens de ma phrase.

— Les deux... Je crois.

Parce qu'il n'est jamais simple de s'avouer qu'aimer deux êtres complètement différents est faisable. En nous-mêmes, plusieurs personnalités subsistent, certaines plus sombres que d'autres. On dit dans de nombreuses cultures qu'il n'y a pas d'équilibre si le noir et le blanc ne cohabitent pas. Ma Hunny et mon Eliot ont été cet assemblage particulier qui m'a permis de tenir, tel un équilibriste sur un fil reliant deux falaises.

Mais au lieu de rejoindre l'une des deux rives, je suis resté immobile sur ce fil de nylon. Et petit à petit, j'observe l'une des falaises s'écrouler et m'entraîner dans sa chute. Doucement, tel un dégât collatéral que personne ne remarquera.

— Elle regarde Dean comme je n'osais pas te voir.

Un bruit dans le couloir me paralyse, des larmes coulent à torrent sur mes joues et j'ai besoin de ce moment seul avec lui. Encore quelques instants.

— Avec James, c'est un mélange d'admiration, de soumission et d'autres choses… Je n'arrive pas à déterminer ce qu'il cache.

Eliot pousse un râle dans son sommeil profond. Un état semi-comateux, qui ne tend plus à s'améliorer. Malgré ça, je sais qu'il est d'accord avec moi.

— De son côté, Dean me fait penser au sergent Illigans. Un homme charmant, beaucoup de qualité, mais une plaie ouverte et noire. Je ne connais pas son histoire, mais je peux t'assurer qu'il n'y a pas eu que le Vietnam qui a traumatisé le pays. Beaucoup de jeunes ici sont bien détruits. Où étaient les parents dans ces moments-là ? Qu'ont-ils oublié de dire à cette génération ?

Je revois Eliot, affichant de manière ostentatoire son grade de colonel, fièrement gagné depuis peu, face à une bande de jeunes devant un cinéma, dans les années 80. Il m'avait assuré que dans une autre vie, il aurait adoré être un shérif, pour recadrer la racaille qui gangrène les villes. Il disait aussi qu'ils pouvaient faire de ces petits des merveilles, si on leur montrait le chemin. À cet instant, je l'avais imaginé grondant son enfant après sa première grosse bêtise avant de lui expliquer les autres solutions, celles qui mènent à une vie rangée et heureuse. Un discours long, bien tenu et paternaliste.

— Oh oui, tu aurais été un père incroyablement casse-pied, ris-je. Tu imagines, des hommes comme nous peuvent aujourd'hui s'afficher sans peur.

Cette constatation me remplit le cœur d'une double émotion. Je jalouse un peu cette génération, capable d'afficher leurs sentiments. Néanmoins, la fierté y prend plus de place. Il en faut du courage pour montrer et défendre le cœur au lieu de la raison.

Dans un monde normé, il n'est pas facile d'ouvrir sa voix dans une autre optique que celle du chaos. Se battre pour l'amour, peu l'ont fait. Il n'y a aucune motivation pécuniaire derrière cette révolution. Ils en ont simplement eu marre qu'on décide pour eux, comme on l'a fait pour moi. Décision que j'ai acceptée.

Eliot s'agite et je temporise mon discours, comprenant qu'il n'est pas complètement d'accord avec mes propos.

— C'est vrai. Tu as raison, il y a encore des attaques… Mais beaucoup moins, ils ont le droit de se défendre maintenant. Même si on commençait déjà à l'époque. Enfin surtout toi.

Les larmes qui dévalent sur mes joues retombent sur le tissu qui recouvre sa couverture. Ici, le blanc et le gris offrent une ambiance froide, si loin des couleurs de sa personnalité. Bagarreur, vivant, drôle, impatient et passionné. Cette dernière lui offrait un courage infini que je lui enviais souvent.

— Eliot, je ne sais pas ce que je vais faire quand tu vas partir. Tu sais que j'ai pensé dire à Julia de fuir son amour pour Dean. C'est tellement douloureux d'aimer autant que je t'aime.

Je termine sur ces mots, des sanglots dans la voix, espérant puiser dans sa force pour me remettre de son départ qui approche. Si vite que mon cœur perd de la vitesse chaque jour, sentant une partie de lui s'éteindre.

# Chapitre 8

**JULIA**

— Elle est en vie ! Mon Dieu, ELLE EST EN VIE ! hurle la voix du père de la jeune patiente.

Mon cœur loupe un battement et je pousse Dean sur le côté pour rentrer dans la chambre. Le père est debout, au-dessus de sa fille.

— Beau travail Relwood, même pas besoin de charger, déclare la médecin assise sur le sol.

Interdite, je mets un moment avant de comprendre que mes mains ont sauvé cette enfant. J'ai réussi.

Le père me serre dans ses bras et je ne dis rien. Ma première patiente en arrêt cardiaque. Celle que je réanime sans l'aide de quiconque. Une onde s'étend en moi. Je croise le regard de Dean. Il est empli de fierté. De joie aussi.

Je lui retourne un semblant de remerciement, d'être là et de partager ce qui me paraît le moment le plus merveilleux de mon existence. Puis, je me souviens de la promesse que j'ai faite à James. Fuir cet homme, ne pas retomber dans son piège sordide.

Je recule.

L'adrénaline se mélange au reste et je pousse la première porte que je vois. La chambre est vide. Le personnel a vidé absolument toutes les affaires de la patiente qui s'y trouvait. Une femme adorable qui a retrouvé les siens.

— Journée intense hein ?

La voix d'Harold me fait sursauter, très légèrement. Assez pour lui faire comprendre que je l'ai entendu distinctement.

— Nous n'avons pas eu le temps de finir notre conversation, dit-il.

La scène me paraît surréaliste. Je viens de sauver une petite fille, de fuir Dean et voilà qu'il me reparle de cette discussion qui me bouleverse depuis des jours.

— Je voulais savoir. Et toi ? s'enquit-il.

Je le regarde sans comprendre. Je n'ai rien vécu de similaire à lui. Rien ne peut être aussi intense que ce qu'il m'a raconté.

— Pourquoi tu as voulu devenir médecin ? Pourquoi la médecine ?

J'ouvre la bouche, prête à lui servir le laïus que j'ai sorti aux autres. À tout le monde, à moi-même. Je m'arrête. Dans l'élan d'une vie de mensonges, j'en oublie de raconter une version faussée de mon existence. Je n'ai pas choisi médecine pour le prestige comme je le disais à mes amis du banc de la faculté. Jamais je n'aurais délibérément pris cette filière pour l'argent, comme semble le penser James.

Plus justement, Dean s'approche de la raison de ma vocation. Il m'a lancé que je n'aurais rien pu faire d'autre.

Parce que médecine n'a jamais été un choix de ma part. Pas complètement.

— Oui ? m'invite Harold.

Il ne me force pas à me confier, il est juste là, attentif.

— C'est… Cela remonte à mes 9 ans.

— Allons-y.

Comme un grand-père qui me prend par la main, il m'attire sur le rebord du lit pour m'aider à partir là où tout a commencé. Quand mes fesses se posent sur le matelas dur, je me revois, des tresses de chaque côté de mon visage juvénile.

**21 ans plus tôt.**

— Ce n'est rien, ce n'est rien, répète un homme proche de moi.

Il tient sa petite fille dans les bras, du sang venant du front de la gamine coule sur son avant-bras. La scène est moins terrifiante de ce côté-là. C'est pour ça que je m'entête à l'observer, ses yeux révulsés par la peur, peut-être la douleur.

Je n'ai jamais vu de choses plus effrayantes. Maman n'est pas là. Je suis seule, dans cette salle d'attente blanche. La petite main de Lily serre la mienne.

Elle n'a plus beaucoup de forces, je l'ai dit à l'infirmière. Mais personne ne m'écoute. Moi, je ne crie pas comme cette femme là-bas, avec le garçon dans les bras. Elle hurle à chaque fois qu'une blouse blanche lui passe sous le nez. Maman aurait horreur de ça.

— Ne crie jamais ma puce, si tu veux qu'on t'écoute, oblige les gens à te regarder vraiment.

J'inspire. Ma poitrine me fait mal. L'adulte qui m'a accueillie a collé un autocollant « jaune » sur mon épaule, Lily a l'orange. La petite fille à côté de moi aussi. Sauf que son père demande une rouge. Il supplie les secrétaires.

— Monsieur, il n'y a pas de place pour tout le monde. Nous prenons en charge les cas les plus graves.

Troisième fois que la brune au visage hideux lui répète ça. Elle, je ne l'aime pas. À chaque fois qu'elle ouvre la bouche, quelqu'un pleure dans la salle. C'est triste et ça me fait peur.

Il sanglote, répétant que sa fille est dans un état grave. Je le crois. Elle a des yeux étranges, presque vides.

— Lily, je vais parler à quelqu'un.

Ma cousine lève des yeux vagues vers moi. Ils ressemblent à ceux de l'autre petite fille. Je frissonne, apeurée.

— Je reviens vite, promis-je.

Dès qu'elle accepte de lâcher ma main, je m'élance dans la salle d'attente. Je zigzague entre les adultes impatients et me faufile dans un couloir où des dizaines de blouses blanches disparaissent depuis notre arrivée.

Je tire sur des blouses, parle fort et pleure à chaudes larmes, mais rien n'y fait. J'ai l'impression d'être invisible.

Consciente que je dois réussir à me faire voir au milieu de cette foule d'adultes, je monte sur un brancard qu'on vient juste de pousser dans le couloir. Plus haute, je me mets à gesticuler pour attirer l'attention de quelqu'un.

Les yeux d'un homme, sans cheveux gris, se dirigent vers moi.

Il ressemble à mon oncle Zack, il est jeune.

— J'ai besoin d'aide, ma cousine ne va pas bien.

Il s'approche de moi quand je crie. Le brancard qui arrive dans le couloir transporte Lily.

— C'est elle !

Je la pointe du doigt. Le jeune homme se tourne et parle avec le médecin qui pousse le brancard. Ils secouent plusieurs fois en même temps la tête. De la même manière quand maman tente de regonfler le pneu du 4x4 et que cela ne marche pas.

Elle dit d'ailleurs, les mêmes mots.

— Mort.

Je l'entends sans l'entendre. Il pousse le brancard vers deux portes à battants et je m'élance oubliant que je suis en hauteur. Une infirmière me rattrape in extremis. Je me débats et poursuis les deux médecins qui suivent ma cousine.

— Regarde ses yeux.

— Ses pupilles, souffle-t-il impressionné.

— Elle aurait dû être classée en rouge dès son arrivée. L'hémorragie l'a tuée…

Je reçois un électrochoc. Je revois les yeux de Lily, puis celle de la petite fille. Avant que les battants se referment, je tire le jeune par sa blouse.

Mon geste l'interpelle et il se retourne tandis que l'autre médecin s'en va avec ma cousine.

— Venez, venez, hurlé-je en lui tirant l'avant-bras.

— Je comprends que perdre ta cousine est difficile mais…

— Elle va mourir ! Elle aussi elle regarde comme Lily. Je ne peux pas la laisser mourir, hurlé-je à pleins poumons.

Maman a tort. Parfois quand on crie, on se fait entendre. La totalité du couloir devient silencieux tandis que je tire par le bras, l'interne un peu déboussolé face à ma réaction.

Je ne réalise pas que je ne vais plus jamais revoir Lily à cet instant. Quand mes petites baskets roses glissent sur le sol des urgences, je ne sais qu'une chose, cette petite fille doit être classée rouge, comme Lily. Elle a les yeux comme ma cousine. Le médecin l'a dit, elle va mourir.

Le concept n'est peut-être qu'abstrait en moi, mais je n'ai pas envie que le père de cette fillette ressente la douleur qui commence à venir dans ma poitrine.

Je pousse de l'épaule la porte de la salle d'attente des urgences. L'endroit est encore plus plein que tout à l'heure. J'ai du mal à me frayer un chemin. Tout le monde pleure. Ils interpellent mon médecin. Je hurle, je le tire par le bras. Puis, je l'aperçois, les bras toujours forts, pour protéger sa fille de la foule. Les yeux hagards, il a l'air désemparé face à cette situation surréaliste.

— C'est elle !

Est-ce l'instinct d'un père ou simplement une coïncidence ? Quand je désigne sa fille, il relève les yeux vers nous. Sans une once d'hésitation, il s'élance vers nous.

Le médecin ne prend pas la peine de la regarder bien longtemps, un coup d'œil à ses yeux et il comprend l'urgence de la situation.

— Suivez-moi !

Pas un mot de plus que le père s'élance derrière la blouse blanche. Je les suis sans trop savoir où aller. L'interne paraît le comprendre et me soulève pour me poser sur le brancard du couloir où j'étais quelques minutes avant.

— Je reviens, m'assure-t-il.

Je me souviens encore de la sensation d'abandon que j'ai ressentie en le voyant disparaître derrière les deux portes à battant. À cet instant, sans objectif de sauver la vie d'une petite fille inconnue, j'ai compris ce que moi-même, je venais de perdre.

### Présent — 14 octobre

Harold me fixe, sans un mot. Ai-je raconté cet événement à voix haute ? Je n'en ai aucune idée. Parfois, souvent, je repense à cette journée. Accident de la route, deux autobus, huit voitures et un camion ont été en premier identifiés dans l'accident. J'étais dans le deuxième autobus avec Lily.

Plus tard, on apprendra qu'il y avait trois autres voitures et un minibus gravement endommagés. Des passagers entre la vie et la mort.

J'étais une des miraculés de l'autobus 2. Celle qui a vu mourir, mais qui est restée en vie.

— Il est revenu cet interne n'est-ce pas ? C'est lui qui t'a donné envie de devenir ce que tu es.

Je ne réponds pas. Ce n'était même pas une question de sa part. Harold sait. Il lit en moi comme dans un livre ouvert. Son empathie m'épate toujours face aux patients et aujourd'hui, face à moi. Il comprend, appréhende et intervient toujours de la bonne manière.

Oui, l'interne est revenu. Il m'a prise dans ses bras et m'a amenée à l'accueil pour savoir si on avait pu appeler ma mère. Les services étaient surchargés et à part avoir pris son nom, rien n'avait été fait. Il a pris des pièces dans sa poche et a utilisé une cabine pour l'appeler. Je suis restée dans ses bras, sans savoir quoi dire.

Le remercier était impossible. Lily était morte. Même si ce n'est pas de sa faute mais de la mienne, j'étais incapable de dire quelque chose de positif.

— Tu sais ce que tu ne dois jamais oublier ? m'a-t-il glissé après avoir rassuré ma mère, lui indiquant où me récupérer.

Mes pupilles se sont enfoncées dans les siennes, tandis qu'il s'apprêtait à changer ma vie.

— Ce n'est pas le nombre de personnes que tu verras mourir qui importe, mais celui que tu sauveras. Cette petite fille dans la salle d'attente, c'est la première d'une très longue liste pour toi. Et c'est ça qui doit te faire vivre.

Les yeux noyés de larmes, je l'ai vu s'éloigner tandis que des bras rassurants m'entouraient.

Je n'ai jamais pleuré Lily. Sur son conseil, je n'ai jamais voulu oublier le regard de l'autre petite fille. Celle que j'avais sauvée. La première.

— Il avait raison ce jeune homme, m'interrompt Harold.

Je cligne des yeux, oubliant la scène de mon souvenir, pour le contempler. Il est debout, face à moi. Son sourire me soulage de cette pression que me provoque toujours cette réminiscence.

— Tu en sauveras des dizaines, des enfants comme elle, si tu arrêtes de te focaliser sur le négatif.

Sans attendre une réponse de ma part, je le vois faire demi-tour et sortir de la pièce. Dans l'entrebâillement, j'aperçois un instant le visage de Dean en conversation avec deux infirmières, avant que la porte ne se referme.

# Chapitre 9

**HAROLD — 3 novembre 2020**

— Chéri ? Tu ne connais pas la nouvelle !!
— Non, soufflé-je complètement sur les rotules.
— J'ai obtenu les subventions pour le nouveau gymnase.
— Ouais… fais-je mine de crier.

Les deux petits poings en l'air, tournant de manière ironique sur place, je ne prends même pas la peine de la regarder. Qu'est-ce qu'un gymnase refait à neuf ? Elle ne va pas révolutionner le monde avec deux parpaings en plus sur ce bâtiment.

De mauvaise humeur, je préfère m'éloigner d'elle.

— Harold, qu'est-ce que tu fais ?
— Je pars travailler. J'ai l'intention de faire un petit somme juste avant en salle de repos, je suis mort.
— Tu te fiches de moi ?
— J'ai l'air ?
— Harold, aujourd'hui tu dois voter ! C'est AUJOURD'HUI, hurle-t-elle.

Je cligne des yeux. Ses absences répétées de la maison m'ont permis de veiller les dernières nuits auprès d'Eliot. Je dois simplement rentrer à temps avant sa propre arrivée, faire semblant de me lever et retourner à l'hôpital. Sauf que je n'ai plus vingt ans et les demi-nuits blanches sont en train de m'achever petit à petit. Mais je sais que ses heures sont maintenant comptées et je ne peux me résoudre à le laisser partir seul.

— OK. Je vais voter avant d'aller à l'hôpital.

— Quel enthousiasme, lâche-t-elle.

— Excuse-moi de ne pas vivre pour une élection mais pour sauver véritablement des vies chaque jour.

Elle écarquille les yeux tandis que je sors prestement de la maison, pas en état d'affronter une énième dispute.

— Harold, je te préviens, crie-t-elle de la fenêtre de la cuisine. C'est moi que tu as épousé. Il est hors de question que tu loupes mon investiture. Est-ce clair ? Ce soir, tu seras à mes côtés pour célébrer ma victoire.

Je grommelle quelque chose sans réfléchir et monte dans la voiture. Tel un automate, je conduis jusqu'à l'hôpital. J'y arrive sans encombre et je remercie ma bonne étoile au vu de ma fatigue. Mes yeux se ferment par moment tandis que j'attends l'ascenseur. Plusieurs personnes me saluent et je n'ai pas le temps de leur répondre. Mon cerveau est embrumé par le manque de sommeil et tel un pantin, je me dirige vers la chambre d'Eliot. Je ne vois personne. Je pousse la porte, retrouvant le lieu familier des derniers jours. Le corps encore un peu plus amaigri de mon âme sœur, immobile. Je laisse mon manteau contre le dossier du premier fauteuil devant moi, avant de tirer une chaise contre son lit. Mes doigts enlacent les siens tandis que je pose ma tête à côté de lui.

Je nous revois jeune, souriant, main dans la main de l'autre côté de la frontière.

Vivre dangereusement, c'est ce qu'Eliot aimait.

A-t-il peur maintenant ?

Je ferme les yeux en l'imaginant me rassurer pour les heures à venir.

\*\*\*

— Harold… Harold.

Je sursaute. Mes paupières s'ouvrent et je vois Dean au-dessus de moi, un faible sourire contrit.

— Excuse-moi de te réveiller, mais je crois que tu es là depuis un bon moment déjà… Et elles doivent faire ses soins. Je n'ai pas trouvé d'excuses suffisantes pour les faire attendre plus longtemps, s'excuse-t-il.

Le soleil est déjà très bas à l'horizon. Ai-je dormi à ses côtés durant toute la journée ?

La panique traverse mon regard et il pose une main rassurante sur mon épaule.

— Je t'ai couvert, m'apprend-il.

Je l'observe. Il a l'air aussi fatigué que moi ces derniers jours.

Il a une sale mine.

— Tu n'aurais pas dû… Tu as déjà assez d'ennuis comme ça.

— Justement. Un de plus, franchement ça ne changera rien, dit-il en haussant les épaules. Il va comment ? s'enquit-il.

Je sais qu'il connaît la réponse mais je trouve cela délicat de sa part de faire comme si ce n'était pas le cas. Tel un ami en dehors du corps médical qui demanderait des nouvelles au proche d'un mourant.

— Mal.

Il ne dit rien, ne sachant sûrement pas comment me réconforter face à cette drôle de situation.

Je le vois hésiter plusieurs fois à me dire quelque chose avant de se lancer.

— Ton téléphone ne fait que sonner, souffle-t-il désignant le manteau posé sur le siège de la chambre.

Je me lève pour voir qui a tenté de me joindre. Seize appels manqués. Je jure, ils viennent tous d'elle. Je regarde l'heure, je suis encore largement dans les temps.

— Tu peux sortir passer un coup de fil, je reste avec lui, m'assure Dean.

— Merci…

Je sors, téléphone en main, bien plus réveillé et reposé qu'à mon arrivée ici. Le répondeur croule de messages et sa voix suraiguë me hurle d'arriver en avance à la soirée.

Mes doigts composent son numéro et je n'ai pas à attendre beaucoup de tonalités avant de l'entendre décrocher.

— Harold !

Au premier abord, j'ai l'impression que cela vient de mon téléphone. Puis, je vois une infirmière venir en courant vers moi.

Mon cœur fait un bond et je m'élance.

Je n'ai pas besoin d'explications pour savoir, je le ressens jusque dans ma chair.

La voix de mon épouse disparaît dans le trou noir qui m'englobe. Je cours à en perdre haleine regrettant de m'être éloigné de lui.

Si je perds cet instant, c'est à elle que j'en voudrais tout le reste de ma vie, et ce n'est pas possible.

# Chapitre 10

## JULIA

— Tu en penses quoi, toi ?

Je sursaute, remarquant que les deux internes m'observent. Nous sommes devant le tableau des opérations, attendant qu'on se décide enfin à le remplir. Les opérations déjà marquées ne nous concernent pas et même si j'ai peu d'espoir de m'y voir, je reste ici, pensive. Les derniers jours ont été très étranges. Harold et Eliot, James et ses nouveaux collaborateurs qui lui demandent beaucoup d'attention et Dean qui frôle les couloirs devant tout le monde.

L'ambiance dans ma vie est relativement froide sur beaucoup de points de vue.

— Penser quoi de qui ou de quoi ?

Ils lèvent tous les deux les yeux avant de résumer leur conversation, comme si j'avais quatre ans et que j'étais incapable de comprendre des phrases trop longues.

— De Dean et Nina. Tu crois qu'il a vraiment forcé sa relation avec elle ? Qu'elle n'a pas su dire non à cause de son statut ?

Je soupire. Encore cette vieille rengaine. Les internes, infirmières et infirmiers ne parlent que de ça et je n'en peux plus. Tout d'abord parce que rien n'est officiel, ce ne sont que des ragots de couloirs et qu'en plus, ils inventent chaque jour de nouvelles théories, face à la procédure qui vise Dean et dont on ne sait absolument rien.

— Dean n'a besoin de forcer aucune femme, lâché-je. Et Nina n'a absolument pas affirmé ça.

— Ils ont dit « une interne » et elle est la seule absente.

Je fronce les sourcils. Nina, certes évite Dean depuis quelque temps, mais je ne crois pas à cette histoire. N'étant pas du tout dans les mêmes secteurs en ce moment, je n'ai pas fait attention à son absence.

— Les secrétaires disent qu'elle a rendez-vous avec le directeur dans la journée...

Même le personnel administratif se met à colporter des informations sûrement douteuses... De mieux en mieux. Je préfère m'éloigner d'eux. J'aide plusieurs infirmières qui veulent soulever un patient.

— Il se fait opérer aujourd'hui. Un monsieur Jacobins ?

L'homme tente de relever la tête, mais sa masse pondérale trop importante l'empêche de faire le mouvement complètement.

— Le docteur Toob est le meilleur ici, aucune inquiétude à avoir, n'est-ce pas ?

L'une des infirmières m'interroge et je ne trouve rien à dire à cela, préférant hocher bêtement la tête face au sourire rassuré du patient.

*En peu de temps, il semble avoir la côte auprès du personnel soignant*, pensé-je.

Ma matinée passe ainsi d'une aide à l'autre sans voir l'ombre d'un chirurgien.

— Ils n'ont aucun interne sur leur opération aujourd'hui, s'étonne derrière moi une aide-soignante.

— Si. Mais aucune femme, tu sais à cause de...

Je m'éloigne d'elle, préférant manger au réfectoire avant qu'une troupe d'affamés s'y pointe. En rejoignant les ascenseurs, je me rends compte à quel point j'ai besoin de sommeil, bâillant plusieurs fois, ce qui fait mauvais effet face aux patients. L'heure est très avancée et je peux me permettre de faire une sieste réparatrice de vingt minutes avant de manger.

La première chambre de repos qui se profile devant moi est à demi fermée. Je m'y approche discrètement, cherchant à savoir si elle est véritablement disponible.

Dans l'entrebâillement, je vois deux femmes chuchoter, l'une apparemment en pleurs.

De dos, je ne peux reconnaître que l'une d'elles. Il s'agit de Nina, celle qui selon les autres internes est absente aujourd'hui et attendue par le directeur dans la journée.

— Écoute, tu m'as bien dit que c'était un porc, non ? lance-t-elle.

— Oui mais je ne voulais pas que…

Elle coupe l'autre femme sans la ménager. Sa posture est droite et elle a l'air énervée.

— Qu'il paye pour ça ? J'ai été en couple avec lui Anna, j'ai bien vu qu'il a une autre face. Plus sombre et ce qu'il t'a fait est impardonnable !

— Mais ce n'est pas…

— Ça doit cesser. Il doit payer, crache-t-elle avec une telle animosité que j'en frissonne. On en a marre de vivre cachées, baissant l'échine face à ces machos. Il faut qu'ils comprennent que c'est fini. Nous, les femmes, nous nous soutenons. Et si je dois jurer devant un jury qu'il m'a fait ça à ta place, je le dirai.

— Nina, je ne sais pas si c'est une bonne idée… Je voudrais juste que…

— Ce n'est pas seulement pour toi que je fais ça, Anna. Mais pour nous toutes.

Je vois Nina s'avancer vers la porte où je me trouve. Aussi discrète qu'un hippopotame sortant de l'eau, je fonce vers l'une des infirmières récupérant des compresses sur son chariot pour engager une conversation quelconque.

Le dos de l'interne visiblement remontée s'éloigne rapidement, sans me remarquer. Soulagée de ne pas avoir été prise à les espionner, j'entre dans la pièce qu'elle vient de quitter.

Je suis heureuse d'y trouver Anna, une interne que je côtoie peu, mais qui m'a toujours paru très agréable.

— Anna, je ne sais pas si tu te souviens de moi. Je...

— Julia, me coupe-t-elle. Le docteur Fin parle souvent de toi, il te cite en exemple.

Je grimace, ayant peu de chances que cela soit dans un sens positif. Néanmoins, je gomme cette information de ma mémoire pour aborder le sujet qui m'intéresse.

— J'ai entendu une partie de ta conversation avec Nina et je...

Ses yeux s'agrandissent d'un coup. Apparemment, ce que je viens d'entendre est aussi important que je l'avais supposé.

— Tu ne dois le dire à personne. Nina... j'aurai des ennuis si... Oh mon dieu, panique-t-elle en s'asseyant sur le lit de repos derrière elle.

Je m'avance et plie les genoux pour être à sa hauteur.

Ses yeux suivent mon mouvement et je la sens sur la défensive. Cette femme a peur assurément. Et sans savoir pourquoi, moi aussi.

— Calme-toi. Je n'ai pas l'intention de dire quoi que ce soit. Je veux juste comprendre.

— Tu ne peux pas.

Elle est catégorique et sèche, ce qui me surprend. Je la voyais plutôt douce et timide dans son genre.

— Anna, je connais Dean et

— Non.

— Écoute, je sais que parfois certaines situations sont compliquées…

— Compliquées ? J'ai été violée.

La dureté de ses mots m'entaille le cœur. Je bégaye, incapable de croire que Dean est capable d'une telle chose. Mon corps se renverse sous le choc. Je tombe violemment sur les fesses, sous les yeux étonnés d'Anna.

— Ça va ?

Son ton inquiet détonne avec la situation. Alors qu'elle est victime, c'est à moi qu'on demande si je vais bien. Est-ce la véritable sensation de la trahison ? Celle qu'on ressent lorsqu'une certitude inconnue explose en vol, sans prévenir ? Cette douleur intense continue-t-elle longtemps d'engloutir chaque partie de notre corps ?

— Julia ! s'inquiète-t-elle, en me voyant immobile, les yeux dans le vide.

Je revois son sourire angélique, ses mains sur moi, ses paroles, ses baisers. Un vertige me prend.

C'est alors que je comprends une chose. Avouer qu'un être que l'on aime profondément n'est pas une bonne personne renverse toutes vos croyances. Vous doutez alors de vous-même et de votre jugement. Les cartes sont à plat et vierges. Tout ce que vous saviez n'existe plus. Table rase du passé.

— Tu m'inquiètes…

Elle pleure en me secouant le buste. Ses larmes me sortent un petit peu de ce mutisme, pour mettre des mots sur ce qui paraît être la réalité.

— Il t'a violée. Dean a fait ça…

Le dire haut et fort m'est insupportable, mais je le dois.

Anna contemple mon visage livide, reflet de son propre teint blanchâtre.

— Julia, tu ne devrais pas te mêler de ça. C'est…

— Pourquoi tu n'as rien dit ?

Elle reste silencieuse.

Est-ce mon amour pour Dean, ou le déni qui s'insinue en moi d'avoir pu autant désirer et pleurer pour un tel homme, je n'en sais rien. Mais en la regardant, je doute.

Anna ne me dit pas toute la vérité.

— Qu'est-ce que tu me caches ?

Il n'est pas évident de poser une telle question quand on ne souhaite pas entendre forcément la vérité.

— Rien.

Sa réponse trop abrupte m'avoue le contraire. Je me redresse, plongeant mon regard dans le sien.

— Je ne vais pas me répéter Anna. Qu'est-ce que tu me caches ?

Je suis peut-être un peu menaçante car elle recule de plusieurs centimètres, intimidée.

Elle tient tête un moment avant de s'effondrer, de manière inattendue. Elle cache son visage dans ses mains, honteuse, en sanglotant et étouffant ses paroles, les rendant incompréhensibles pour moi.

— Ce n'est pas de… il m'aurait fait… Nina a cru que… elle était tellement en… je n'ai pas… pardon…

— Anna, calme-toi, je ne comprends rien.

Elle essuie ses larmes après plusieurs minutes, pour souffler.

— Ce n'était pas Dean. Nina avait le cœur brisé et… Je crois qu'elle a été soulagée d'avoir une véritable raison de le haïr. Parce qu'au fond, il a fait les choses bien avec elle. Il lui a avoué qu'une femme faisait battre son cœur et qu'il avait l'impression de tromper les deux en restant avec Nina... Sauf qu'elle l'aimait beaucoup et quand j'ai...

J'écarte dans un coin de ma tête cette partie sur leur séparation pour me concentrer sur le vif du sujet. Malgré le fait que mon cœur ait loupé plusieurs battements face à ses révélations.

— Tu as quoi ?

Je suis impatiente, perdue sur le mélange d'émotions qui m'envahissent. Après avoir reçu le ciel sur la tête, j'ai l'impression d'ouvrir à l'aide de mes bras les nuages sombres pour retrouver le soleil. Mais cela n'empêche qu'ils restent sur le côté et sont toujours menaçants. Nous devons faire quelque chose.

— Elle m'a trouvée en pleurs dans la salle de repos durant l'une de nos gardes. Et j'ai craqué, racontant absolument tout, mais sans donner de noms. Je n'avais pas envie qu'il gâche ma carrière. Il m'a dit que si quelqu'un l'apprenait, j'étais finie.

Je déglutis. Quel être immonde peut-il faire de pareils chantages ? L'envie de vomir revient, mais pour une fois, je suis d'accord avec la réaction de mon corps, cet acte est répugnant.

— Tu as dit que c'était Dean à Nina ?

— Non. Justement. Elle a déduit ça parce que j'étais normalement sur une de ses opérations.

— Mais ce n'était pas lui.

— Non.

L'entendre le dire clairement me rassure. J'ai l'impression de sortir d'une très longue apnée.

Je mets de côté mon soulagement égoïste pour penser aux conséquences de ses allégations et à la manière de démêler cette histoire.

— Tu dois le dire, il risque son emploi, sa carrière... Cela va bousiller sa vie.

— Je ne peux pas... Je n'ai aucune preuve. Personne ne va me croire.

— Mais Nina est prête à se venger coûte que coûte !

— Je sais... J'ai tenté de l'arrêter. Je ne savais pas qu'elle allait dire qu'il lui avait fait ça.

Mes doigts s'enfoncent dans mes cheveux, détachent plusieurs mèches de ma queue de cheval impeccable.

— Je ne peux pas garder ça pour moi, déclaré-je. Et tu ne devrais pas non plus.

Je lui fais de la peine en disant ça, mais je n'ai pas l'impression qu'elle prenne conscience des faits. Le responsable doit payer, mais certainement pas Dean, complètement innocent dans cette histoire.

— Non. Ne dis rien. Il m'empêchera de devenir chirurgienne.

— Cet homme mérite de pourrir en prison, pas Dean, claqué-je en me redressant d'un seul coup.

— Sauf que Dean a la réputation qui va avec. L'autre, il pense à la façon dont vivent ses patients pour adapter ses opérations. Il est du genre empathique, jusqu'au bout des ongles.

Sa description me rappelle quelque chose, mais je n'arrive pas à mettre le doigt dessus.

— Je vais parler à Nina, lâché-je.

— Tu dois être discrète Julia. Cet homme n'est pas...

— Ne t'inquiète pas pour moi. Protège-toi, tu devrais te mettre en arrêt pendant quelques jours.

— Non. Il m'a dit de ne surtout pas le faire.

J'ai envie de dire quelque chose, mais une idée germe dans un coin de ma tête et je me retiens. Je quitte la pièce sans rajouter quoi que ce soit, préférant ne pas perdre de temps.

Je passe l'après-midi à chercher Nina, mais elle semble m'échapper telle une anguille. Fin m'oblige à passer aux urgences et le reste de la journée défile à toute vitesse.

Mon service tout juste terminé, je me glisse dans l'ascenseur, cherchant un moyen de contacter Nina. Je suis persuadée que Tara doit avoir ses coordonnées, mais va-t-elle accepter de me les donner ? Recommencer une amitié, en lui demandant une chose pareille, sans être capable de lui expliquer pourquoi, n'est pas une très bonne idée.

La tête prise entre les différentes possibilités qu'il me reste, je ne l'entends pas m'appeler les premières fois.

— Julia ! hurle Dean.

— Quoi ?

J'appuie sur le bouton qui oblige les portes à rester ouvertes. Dean le prend pour un signe que je suis prête à discuter avec lui.

— On doit parler.

— D'accord, dis-je sans réfléchir.

Je ne sais pas si je vais lui dire… Dans l'idée, mon plan est de résoudre le problème sans qu'il soit au courant mais je doute pouvoir y arriver.

— Je dois prendre mes affaires et…

— J'ai une dernière consultation, grimace-t-il.

— Je ne vais pas t'attendre, lâché-je en pensant au temps qui me manque déjà cruellement pour contacter Nina.

— Je ne te le demande pas. Je serai là. Promis, dans l'ascenseur, dans dix minutes direction le parking.

— D'accord. Dix minutes.

Je le vois partir à petite enjambée dans l'autre sens tandis que je choisis l'option de l'escalier malgré la cage d'ascenseur ouverte devant moi. J'ai besoin de calmer mon cœur qui tambourine. Les paroles d'Harold tapent par vague les cloisons que j'avais construites autour des petites voix favorables à Dean.

Je m'interdis de ressentir une nouvelle fois ce doute qui me ronge. Harold l'a dit. Je dois prendre une décision. Le fait de me marier en a été une.

Avoir appris des choses après notre mariage, après lui avoir dit droit dans les yeux *oui*, ne change rien. Ou presque pas.

Je soupire en dévalant la première série de marches. Suis-je à ce point en train de me mentir ? Bien sûr que ma réponse aurait pu être différente si Dean avait déboulé quelques minutes avant. Ou encore sans qu'il m'ait obligée à l'écouter sur ce parking. Les choix ne sont qu'une suite d'événements, de choix et de manques. Il n'a pas été là quand il aurait dû l'être.

James est venu aux Bahamas. Il s'est battu pour moi. Aimer, c'est ça. Ce n'est pas profiter de la faiblesse et des doutes de l'autre comme il le fait sans cesse.

Je saute les dernières marches de l'étage où je dois m'arrêter, essayant d'oublier la petite voix qui me hurle une tout autre version de la situation.

« *Sauf qu'il a voulu te prévenir plusieurs fois. Tu ne l'as pas écouté car tu ne voulais pas. Il a soulevé des inquiétudes que tu avais déjà. Émilie, la manière dont James t'oublie pour son travail... Et il y a ce comportement au réfectoire il y a quelques semaines.* »

Cette voix me crie des vérités que je tente de taire depuis des semaines.

Et il y a cette réaction tout à l'heure quand j'ai cru qu'il avait commis l'impensable. Cette douleur face à cette possible trahison. J'ai eu tellement mal de penser qu'il avait pu me tromper autant. Que cet amour que j'avais n'avait rien de beau et pur.

Des larmes coulent sur mes joues quand je comprends qu'il ne me reste qu'une seule chose à faire.

# PARTIE 3

# Chapitre 1

**DEAN**

Le cœur battant, je suis entré dans l'ascenseur sans oser la regarder. Quand j'y pénètre, elle est seule, collée contre la paroi froide de la cage. Ses yeux sont rivés au sol, les jours rosies par le stress et ses doigts pianotant contre les barres le long du mur. J'appuie sur -2, restant silencieux.

Les dizaines de conversations que je me suis jouées seul ou avec Tara disparaissent pour ne laisser place qu'à la peur.

Paralysé, je sens sa respiration saccadée derrière moi.

Par miracle, personne n'a décidé de venir nous déranger dans ce tête-à-tête et cela me réjouit. Mais je n'ai pas beaucoup de temps devant moi. Je pivote et elle s'adresse à moi doucement, tel un murmure.

— Dean…

— Julia.

La tension qui émane de ses deux petits prénoms me porte jusqu'à elle. Je parcours la courte distance qui nous sépare.

Tremblante, sa main se lève vers moi et je n'hésite pas. Qui de nous d'eux a attiré l'autre contre lui, je ne sais pas. Tout ce que je sais, c'est que sa peau est contre la mienne. Mes lèvres sont posées contre son front.

Je ferme les yeux profitant de cet instant que j'ai espéré depuis des semaines.

Mes doigts s'accrochent dans ses cheveux et j'inspire son odeur qui m'a tellement manqué. Ses ongles s'enfoncent dans mes avant-bras et je l'entends soupirer de soulagement. A-t-elle ressenti elle aussi cette sensation pesante de ne plus m'avoir à ses côtés ?

— Je...

— Chuuuut, souffle-t-elle dans le creux de mon oreille.

Elle a raison, ce n'est pas le moment de perdre du temps à parler. Je relève son visage pour embrasser ses lèvres.

Un goût sucré que je ne pourrais pas oublier s'infiltre dans ma bouche. Ma langue joue avec la sienne et je plaque son corps contre les parois froides. Mes mains s'attachent aux siennes pour l'empêcher de briser notre baiser. J'ai besoin de la sentir près de moi.

À bout de souffle, nos lèvres se lâchent pour mieux se retrouver. Je parcours son cou, repousse ses cheveux pour attraper son oreille. Elle glousse et j'imagine son sourire coquin dans mon cou.

Ses cuisses s'ouvrent sous ma pression et je jure contre nos tenues trop encombrantes. Ce n'est pas le moment de faire n'importe quoi. À tout moment, quelqu'un peut entrer et nous surprendre.

Ma raison me hurle de reculer tandis que mon corps n'arrive pas à se détacher d'elle. Je savoure son souffle chaud sur ma peau, nos baisers humides et ses petits tremblements qu'elle partage avec moi. Elle en meurt d'envie et j'ai envie de la combler, là, ici, à cet instant.

— Dean.

Je cligne des paupières. La voix vient de nulle part, comme si mon esprit l'avait sorti d'un souvenir un peu brumeux. La chaleur de ma partenaire s'évanouit dans mes mains et je me retrouve seul, dans cet ascenseur, les mains plaquées contre les parois.

Mon entrejambe vibre et une honte me monte avant que je ne comprenne que cela provient de mon téléphone portable, planqué dans une de mes poches.

Je le prends dans un état second quand le texto que je lis me remet tout de suite les idées en place.

**JULIA** : Je n'ai pas pu t'attendre, j'avais des choses urgentes à faire. Si tu as quelque chose à me dire, tu peux le faire par SMS.

Le souffle coupé d'avoir pu imaginer avec autant de réalisme que mon rêve se réalisait, me scie sur place. Deux infirmières rentrent en me poussant sans ménagement et je suis à deux doigts de louper l'ouverture des portes à mon étage. Le parking est vide et je m'y engouffre, le teint livide. Mes doigts effleurent mes lèvres portées par ce souvenir imaginé. C'était si réel. J'ai eu l'impression qu'elle était avec moi.

Je déambule entre les voitures, l'esprit ailleurs.

Mes doigts composent un numéro et je porte mon téléphone à l'oreille.

— Tara, c'est moi Dean… Je ne crois pas que je vais passer, j'ai… Non, non, ça va…

Elle m'exhorte de ne pas baisser les bras. Elle a raison, je ne devrais pas. Mais je n'ai pas la force de continuer ce jeu. Parfois quand je regarde Julia, je perçois James, fourbe, manipulateur et immanquablement doué pour charmer.

Comme il y a des années, le schéma se répète. J'ai beau ne plus être le même, la roue tourne dans le mauvais sens. Il obtient ce qu'il souhaite et je reste spectateur d'une course qui ne peut que mal se terminer pour elle.

Mais comment lui dire qu'il y a des amours qui tuent et qu'elle se dirige droit vers ce scénario.

— Tout comme moi, m'avoué-je en fixant l'horizon.

\*\*\*

Je me souviens des Bahamas.

J'ai cru pendant des mois qu'elle m'avait vu sur ce ponton ou encore dans l'eau, au large de sa chambre.

J'ai tellement hésité à l'interpeller.

Ses danses langoureuses, son effroyable cri qui m'a fait appeler l'accueil pour m'assurer qu'on viendrait s'inquiéter de son état... Je me souviens de tout comme si c'était hier. Mon cœur meurtri aussi.

Je m'avançais vers sa chambre, une fleur dans les mains, espérant que mes petits mots doux étaient parvenus à sa chambre quand je l'ai vu. Il appuyait doucement sur la poignée. Hésitant.

Quand James a disparu à l'intérieur de la chambre, j'ai espéré si fort le voir sortir perdant. Recevant ce qu'il méritait le plus, un rejet. Sauf que je suis resté seul... Au beau milieu de ce ponton de bois, une rose rouge dans les mains.

Il n'est jamais ressorti et j'ai compris. Elle lui avait pardonné, d'un seul coup. Abattu et écœuré, j'ai pris le premier avion.

Et aujourd'hui, je ressens ce même dégout pour ma situation.

# Chapitre 2

**JULIA**

Le téléphone contre l'oreille, j'entends les tonalités résonner une nouvelle fois avant que la messagerie de ma correspondante se mette en marche.

— Nina, c'est encore moi. J'aimerais bien que tu daignes répondre à mes appels, lâché-je.

Je raccroche avant de lancer le téléphone sur le premier fauteuil qui vient. Quatrième appel et toujours aucune réponse. Pourquoi m'ignore-t-elle ?

— Elle ne répond pas ?

Tara sait très bien que non, sa question est rhétorique, mais j'y réponds tout de même ayant besoin d'extérioriser.

— Non.

Mon amie acquiesce, les lèvres plissées de mécontentement, la situation n'est pas simple.

— Je n'y suis pour rien. Je suis de votre côté, me rappelle-t-elle.

Mes yeux se figent sur le tableau à l'entrée.

« *Une nouvelle amitié peut distraire d'un ancien amour.* »

Est-ce pour ça que Dean a voulu se rapprocher de Tara ? Pour m'oublier ? A-t-il eu besoin de le faire ? Lui qui enchaîne les femmes dans son lit...

Mon cœur se fissure à la pensée que je n'ai peut-être été qu'une virgule dans une page en noir et blanc, d'un simple chapitre de sa vie. Celle qu'on peut faire sauter à la moindre modification de l'histoire.

Je détourne le regard pour observer Tara, habillée d'un vieux jogging. La situation paraît la toucher plus que je m'y attendais. Je n'ai toujours pas l'habitude de la voir tenir à lui. Néanmoins, je suis heureuse de m'être tournée vers elle.

— Il n'y a pas de « votre », soufflé-je. Dean ne sait même pas ce que je fais et il ne doit pas l'apprendre.

Mon amie fronce les sourcils face à ma condition. Avant d'entrer ici, je ne savais pas si j'avais envie de lui dire mon implication, s'il était blanchi dans l'affaire. Maintenant, je sais qu'il en est hors de question. Il ne me devra rien.

— Pourquoi le lui cacher ?

— J'ai mes raisons.

Avant même de prévoir sa réponse, elle la lâche, sans préambule.

— C'est à cause de James.

Le sujet n'aura pas été long à revenir sur la table. Voilà que mon époux est à nouveau l'homme à abattre pour elle.

Sauf que je n'ai pas l'intention de tomber dans cette discussion sans fin.

— On ne lui en parle pas, c'est tout. Tu me dois bien ça...

— Je n'ai jamais couché avec, je dois te le dire combien de fois ? s'énerve-t-elle.

Mon amie est assise sur son canapé, négligemment.

J'ai cru entendre quelqu'un à l'étage mais je n'ai rien dit. Elle a le droit de voir qui elle veut. Surtout quand je sais que Dean est en pleine garde, sûrement enseveli sous un travail colossal, plus personne ne l'aidant depuis les rumeurs lancées par Nina.

— Ils vont lui détruire sa carrière.

— James pourrait le défendre.

— Si je lui en parle, il s'arrangera pour que Dean ne touche plus jamais un scalpel de sa vie.

— Charmant.

— Ne commence pas.

— J'ai simplement dit ce que tu penses toi-même.

Le silence s'installe avant que Nina ne se laisse guider une nouvelle fois par sa curiosité maladive.

— Tu sais ce qu'ils ont pour se détester autant ?

— Non. James ne veut pas entendre parler de Dean…

— Mais ils avaient l'air de bien s'entendre, il l'avait invité chez vous, non ?

— Oui… C'est ce que je croyais.

Tara fait une moue. Dean n'a pas l'air plus bavard que James.

— Il ne t'a rien dit non plus, compris-je.

— Non. Il s'obstine à dire que c'est du passé. Mais je vois bien que ce n'est pas le cas. Je crois qu'il a peur de James… avoue-t-elle.

— Peur ? Pourquoi ? Il ne ferait jamais de…

Je m'arrête, me souvenant du bleu encore frais sous ma manche. La douleur à mon poignet a disparu, mais deux petites taches jaunâtres sont encore là, presque invisibles.

Tara s'apprête à m'interroger sur mon soudain silence quand la sonnerie de mon téléphone sauve la situation. Je me jette dessus pour répondre.

— Nina.

— Pourquoi tu m'appelles ? J'ai beaucoup de choses à faire.

— Comme mettre en prison un homme qui n'a rien fait ?

Je grimace, on avait dit, tact et diplomatie…

— Occupe-toi de tes affaires, claque-t-elle.

— Toi aussi. Cette affaire regarde Anna, pas toi.

— Ann… tu lui as parlé ?

— Oui. Elle m'a expliqué que tu ne connaissais pas le vrai responsable.

— De quoi tu parles ?

— Ce n'est pas Dean qui lui a fait ça.

— C'est qui ?

— Je… Je n'ai pas encore la preuve et elle ne veut pas me le dire. Mais je te demande de ne rien dire à la direction avant demain soir. Entre temps, j'aurai prouvé que ce n'est pas lui.

Tara écarquille les yeux. J'ai beau lui reparler, je lui fais encore une confiance limitée et elle ne connaît pas toutes les parties de mon plan.

— Julia, on ne parle pas de…

— Je connais très bien les enjeux, lâché-je.

Elle reste silencieuse et Tara s'inquiète de me voir muette.

— Alors ? s'enquit mon amie.

Je hausse les épaules et reviens à la charge, espérant être assez convaincante.

— Laisse-moi simplement une journée. Demain et après tu feras ce que tu veux.

— C'est Dean, Julia, j'en suis sûre.

— S'il te plaît, demain, juste demain.

Elle pousse un soupir avant d'accepter. Avant qu'elle ne change d'avis, je raccroche, ravie.

— Je dois y aller !

Je ne laisse pas Tara me retenir pour me tirer les vers du nez concernant mon plan. À petites enjambées rapides, j'atteins sa porte que je claque bruyamment derrière moi. La clé de ma voiture en main, je dévale les escaliers de son immeuble pour me retrouver en quelques secondes sur le trottoir.

Jetant un coup d'œil sur ma montre, je me rassure. J'ai encore trois heures devant moi avant que James ne rentre de l'une de ses réunions tardives qu'il enchaîne depuis plusieurs semaines. Pour une fois heureuse de cette indisponibilité de sa part, je me dirige vers l'hôpital, allumant mes phares dans la nuit tombante.

Mon plan est plutôt simple, mais je dois surtout fuir Dean là-bas. Il ne doit pas savoir que je suis revenue. Je gare ma voiture un peu plus loin que d'habitude et marche, le visage caché derrière la capuche de mon sweat.

— Ju ?

L'un des laborantins semble me reconnaître mais j'accélère le pas devant le petit groupe réuni sur le parking pour m'engouffrer dans le hall bondé de familles de patients. Personne ne fait attention à moi et je descends aux vestiaires. Pour me fondre parmi les autres internes, je revêts ma tenue et remonte. Ayant changé de nombreuses fois mes horaires à cause des crises de James, personne n'arrive à savoir quand je dois être là ou non, ce qui m'aide à ne pas attirer l'attention. Je ne perds pas une minute, appuyant sur l'étage des blocs avant d'appuyer sur le quatrième étage.

— Sois logique Julia. Où peut-il être à cette heure-ci ?

Un regard au tableau en arrivant m'a appris qu'il n'est pas programmé au bloc, avant de longues heures. Dean, lui, y est et je pense pour un bon moment encore. De la manière dont je me suis habillée, je boite légèrement et j'espère que cela ne se verra pas. L'appareil qui enregistre s'enfonce dans la peau fine de mon pied. Normalement, cela n'impactera pas sur le son, simplement sur la fluidité de ma démarche Sans attendre plus longtemps, j'ouvre une à une les salles de repos avant de le voir, allongé sur un lit.

Inspirant profondément pour avoir du courage, j'entre dans la pièce en poussant la porte derrière moi pour nous couper du reste de l'hôpital. Cette simple idée me provoque des tremblements dans les mollets que j'espère invisibles à l'œil nu.

— Docteur Toob...

— Oui ? répond-il en ouvrant des yeux à demi ensommeillés.

— J'ai... J'aimerai savoir si je peux opérer à nouveau avec vous.

Mon corps se balance d'un pied à l'autre pour me donner une contenance.

— Euh... Oui, bien sûr. Pourquoi cet empressement ?

— J'ai beaucoup aimé notre dernière opération ensemble et le docteur Fin n'accepte pas de me voir dans un bloc, ces derniers temps. Et les autres titulaires ont déjà leur chouchou, avoué-je d'une petite voix malheureuse.

— Je vois...

Il a une voix douce qui met en confiance. C'est ce qui me frappe le plus quand je le vois ainsi.

— Écoute, j'ai déjà beaucoup d'internes qui me demandent de...

— Je peux faire tout ce que vous voulez. J'ai vraiment besoin d'assister à des opérations, sinon je ne pourrais jamais être titularisée un jour.

Mon ton est presque insistant et j'espère ne pas en faire trop. Le mensonge n'est pas si aisé pour moi. James dit souvent que j'aurais fait une piètre avocate.

*Me ment-il si souvent que ça ?* Je mets cette réflexion dans un coin de ma tête, pour revenir à la situation actuelle.

Le docteur Toob se lève vers moi pour me répondre, l'air pensif. Je retiens mon souffle, espérant que chacune de ses paroles sera incriminante.

— Il y a effectivement une chose qui...

— Oui ?

Il sourit en s'approchant de moi, trop près à mon goût. Sa main se lève pour venir caresser l'arrête de ma mâchoire. J'entrouvre mes lèvres pour lui faire comprendre que je suis réceptive. Ses doigts courent le long de ma peau avant de se resserrer autour de ma bouche d'un coup sec.

— Tu crois que je suis aussi naïf, lâche-t-il en poussant mon visage en arrière.

Je recule, mes bras paralysés par la peur.

Il s'avance vers moi d'un air dominant. Je me décale sur le côté pour éviter qu'il me touche. Mon réflexe est idiot, car il m'éloigne de la porte qu'il s'empresse de fermer à clé.

— Tu enregistres avec quoi ? Ton téléphone ? Un micro ?

Je déglutis. En quelques secondes, il a compris. Je regrette de n'avoir informé personne de mon plan. Voilà que mon amour propre et mon égo m'ont porté préjudice. Et quoiqu'il arrive, personne ne le saura et je n'arriverais pas à leur faire croire à ma version, n'ayant aucune raison d'être à l'hôpital à cette heure-ci.

— Si tu ne veux pas le regretter, donne-moi tout de suite ce qui te permet d'enregistrer.

Il est menaçant. Prête à me battre pour ne pas lui donner ce qu'il veut, je recule encore un peu plus, le regard effronté.

— Ne joue pas à ça avec moi, souffle-t-il.

— Laissez-moi partir.

Il s'immobilise, toujours en pleine réflexion, comme s'il pesait le pour et le contre de ma demande.

Impuissante, j'attends.

— Avec plaisir.

Il s'écarte et me montre la porte d'un mouvement de bras. J'hésite. C'est un piège mais je n'ai aucune autre solution que d'essayer. J'ai à peine avancé vers elle, que ma joue se déforme sous le coup de son poing fermé. Je suis sur le point de hurler quand il enfonce un morceau de tissu dans ma bouche.

Paniquée, je titube en arrière, la mâchoire en feu. Mes mains essaient de retirer ce qu'il vient d'insérer dans ma bouche mais il se jette à nouveau sur moi. Ses doigts serrent ma gorge et je flanche sous la pression. Ma bouche s'ouvre pour trouver de l'air mais rien n'y fait.

— Tu vas le regretter Julia…

Il me balance contre le lit, ma tête heurte le barreau des lits superposés et je m'écroule sur le matelas du bas, sonnée.

Je sens le matelas bouger et ses genoux s'enfoncer dans mes côtes, des larmes s'écoulent de mes yeux quand j'entends le bruit d'une braguette.

Je préfère fermer les yeux, me maudissant d'avoir eu cette idée stupide.

# Chapitre 3

**DEAN**

Quand j'entre dans la pièce, je reste paralysé.

Julia est allongée sous le nouveau chirurgien, Toob, que Fin déteste déjà.

D'où je suis, je vois ses pieds se soulever par saccade, comme si elle essayait de le frapper dans le dos. Il camoufle des gémissements.

Non, c'est autre chose.

Des cris. Oui, Julia hurle.

J'avance encore et aperçois nettement la situation.

Il maintient sa gorge et son pantalon est à demi baissé. Je ne cherche pas à en voir davantage pour lui attraper l'épaule pour le tirer en arrière. Ma force est décuplée par la colère et son corps tombe vers l'arrière. Julia se redresse, les mains sur sa gorge violacée.

Les yeux larmoyants, elle cligne plusieurs fois des paupières sans réussir à comprendre ce qu'il lui arrive. Je veux m'approcher d'elle quand il m'attrape la cheville pour me faire basculer. Je me rattrape de justesse au bord du lit, évitant de m'écraser au sol lourdement.

Mon pied pousse son visage d'un seul coup et je regrette de ne pas porter mes rangers.

Il étouffe un bruit tandis que je me redresse.

— Julia, tu sors.

Je lui ordonne ça en relevant mes manches, prêt à détruire cet homme.

— Julia, insisté-je en voyant qu'elle ne bouge pas.

Ne quittant pas des yeux cette ordure, je ne sais pas ce qu'elle fait dans mon dos.

— Julia, s'il te plaît.

Je lui assène un coup de pied au niveau de la tempe au moment où il veut se relever. Son corps est projeté sur le côté et j'ai le temps de voir l'état de sa victime.

Elle est recroquevillée sur elle-même, le regard dans le vide. Je jure. Hors de question de la traumatiser encore plus, devant une scène de bagarre sanglante.

Sans hésiter, je passe un bras sous ses genoux et l'autre sous ses aisselles pour la sortir de cette pièce. Instinctivement, elle entoure mon cou de ses bras frêles.

— Je vais revenir, crois-moi, c'est une promesse.

Il ne bouge pas. Je ne sais pas s'il a entendu ma menace ou s'il est dans les vapes.

— Ne me laisse pas toute seule, sanglote-t-elle, une fois que j'ai appuyé sur le bouton de l'ascenseur.

— Je n'en avais pas l'intention, la rassuré-je dans un faible murmure.

J'appuie tout de suite sur les souterrains du parking. La lenteur de l'ascenseur m'exaspère mais je ne montre rien. La tête posée contre ma poitrine, elle semble être sur le point de s'endormir. Le contrecoup.

Je la contemple, ne sachant pas ce que j'aurais pu faire à cette ordure si j'étais arrivé quelques minutes trop tard. Même si sa position était suggestive, je n'ai pas l'impression qu'il ait eu le temps de faire quoi que ce soit.

Son pied cogne plusieurs fois dans ma hanche et je remarque un morceau de plastique brillant à l'intérieur de sa chaussure. Je comprends qu'il s'agit de son téléphone. A-t-elle pu enregistrer la conversation avec Toob ?

Incapable de libérer mes prises autour de son corps, je ne peux que l'observer, m'interrogeant.

Une fois sur le parking, je me dirige vers ma voiture. L'y installer me paraît si étrange et agréable à la fois. Si seulement les circonstances étaient différentes.

Je m'infiltre rapidement dans la circulation. J'hésite à la ramener tout de suite chez elle, quand je reçois un appel.

— Oui.

J'écoute mon interlocuteur, visiblement bien remonté.

— D'accord. Josh… Tu pourrais me rendre un service et me rejoindre à l'adresse que je t'envoie. Tout de suite. Prends une trousse blanche.

Il me demande de répéter, inquiet.

— Oui, blanche. Dépêche.

J'attends, impatient à côté de la voiture que j'ai garée à quelques mètres de l'appartement de Julia. À première vue, il n'y a pas de traces de la présence de James.

Mais je peux me tromper et vu le visage tuméfié de Julia, ainsi que son état de choc, je n'ai pas envie de traîner autour de ma voiture indéfiniment.

Je vois le pick-up de mon ami se garer dans un coin sombre, comme à son habitude. Sobre et discret, il ne s'avance pas vers moi frontalement. Je le vois prendre son temps, vérifiant si personne n'est là, à l'attendre. Je connais Josh et je ne m'en inquiète pas.

À quelques pas de moi, je vois la trousse en question et son front ridé d'inquiétudes.

J'ai l'impression depuis quelque temps que tout le monde autour de moi s'attend à me voir faire une connerie.

— Mec, tu n'avais pas arrêté ? C'est revenu… s'inquiète-t-il, à peine la main serrée.

Je secoue la tête et lui demande de parler moins fort en montrant Julia d'un signe de tête, toujours avachie sur le siège passager.

— C'est pour elle. Elle a besoin d'un truc fort pour dormir et oublier un peu ce qu'elle vient de subir.

Ce que j'aime chez Josh, c'est qu'il ne pose pas de questions. Il m'aide à la monter chez elle et je n'espère qu'une chose, ne pas croiser James. Heureusement pour moi, l'appartement est vide. Laisser Julia allongée sur son lit sans défense me coûte mais j'ai d'autres choses à faire.

Josh la réveille pour lui faire avaler un comprimé. Dans un état second, elle ne fait pas attention à sa présence et obéit.

Les effets de la drogue sont quasiment immédiats et nous quittons l'appartement dans la foulée.

— Tu veux bien m'accompagner ?

— Où ? demande soupçonneux Josh.

— Récupérer sa voiture.

— Pourquoi ? C'est qui cette nana ?

Même s'il m'interroge, Josh s'avance vers ma voiture, déjà d'accord pour m'aider et ramener sa voiture avant le retour de James.

— C'est…

Je tente d'éluder la question en craignant sa réaction.

— Dean.

— La femme de James.

— James. LE James ?

J'acquiesce en ouvrant ma portière tandis qu'il s'engouffre également dans mon 4x4.

— Attends, tu déconnes, celui que tu ne devais plus jamais approcher ? L'ordure sans nom. Celui qui… Oh merde Dean, tu es en train de faire n'importe quoi.

Je soupire. Josh me connaît bien, mais pas depuis assez longtemps pour savoir toute l'histoire.

— Oui… On peut résumer comme ça.

Le reste du trajet se fait sans un mot. Je me gare sur le parking de l'hôpital en cherchant des yeux la voiture de Julia.

— Celle-là, désigné-je.

Mon doigt pointe le petit bolide rutilant sûrement offert par James, pour montrer sa supériorité à tout le monde, il n'a pas changé. Josh descend de la voiture. Je l'imite et cela semble le surprendre.

— Tu n'y retournes pas ? Elle avait l'air mal.

Je fais un non de la tête avant de m'éloigner vers l'hôpital. J'ai quelque chose à terminer avant de penser à la santé de Julia. Maintenant qu'elle est en sécurité, il y en a un qui risque de ne plus l'être longtemps.

# Chapitre 4

## JULIA

J'entends une porte claquer et je sursaute. Les idées brumeuses, je sais simplement que je tremble de peur. Par réflexe, je passe sous la couette pour m'y cacher, observant à travers le tissu fin l'ombre qui monte l'escalier petit à petit.

J'ai l'impression que mon cœur va exploser dans ma poitrine.

La silhouette de James se forme petit à petit et je me détends.

— Julia ? Qu'est-ce que tu fais ici ?

— Je...

J'hésite avant de lui déballer ce qu'il s'est passé ou du moins ce dont je me souviens. Les souvenirs sont flous. De grandes parties me manquent, mais je tente d'être la plus claire et concise possible. Sans lui dévoiler que j'ai tendu un piège à Toob, n'étant pas très fière, c'est un euphémisme, du résultat.

Après un moment à m'écouter, il se lève du lit pour retirer sa cravate et la changer.

— Tu n'étais pas là cette nuit ?

— Non. J'ai plusieurs affaires qui sont tombées au bureau, j'ai voulu avancer un peu.

Je plonge dans les draps sans répondre.

— Tu vas rester comme ça ? Tu ne retournes pas à l'hôpital ?

Je relève la tête face à son ton atterré.

— Je pensais rester ici et…

— Ce n'est pas en fuyant qu'on obtient réparation. Demande-lui des excuses.

— Des ex… Pardon ? Je crois que tu n'as pas très bien compris la situation.

Il soupire avant de s'arrêter un instant dans sa préparation.

— Tu dis toi-même ne pas te souvenir exactement des faits. Être violent n'est pas bien, mais une bonne discussion et vous aurez réglé le problème.

— Tu te moques de moi, n'est-ce pas ?

— Je dis juste que tu n'as pas l'air mal ou traumatisée ce matin. Ce n'est pas parce que Dean l'a fait que les autres titulaires sont comme lui.

J'écarquille les yeux et je ne peux m'empêcher de le défendre face à ce que James considère déjà comme un fait avéré.

— Mais Dean n'a rien fait !

— Pardon ?

— C'était pour le prouver que j'ai piégé Toob, continué-je sur ma lancée.

Je n'avais pas prévu de le dire et au vu de son visage déformé par la stupeur, j'aurais dû le garder pour moi.

— Tu as quoi ?

— Oui. Nina n'a pas été du tout agressée, elle a voulu défendre une autre fille de l'hôpital qui a été violée par Toob. Je devais simplement trouver une véritable preuve pour que Dean ne perde pas son travail injustement.

Les yeux de James papillonnent d'un côté à l'autre de la chambre, comme s'il essayait de se calmer.

— Tu t'es mise en danger pour lui ?

— Oui… Enfin je n'avais pas prévu que…

— Tu veux des enfants, Julia ? coupe-t-il.

Sa question me fait perdre le fil de notre discussion. Je m'arrête un instant, perplexe.

— De quoi me parles-tu ? Bien sûr que j'en veux mais ce n'est pas le sujet.

— Tu crois qu'une mère de famille aurait agi comme toi ? Qu'un mari ne serait pas blessé d'apprendre que tu fais ça pour la réputation d'un autre homme ? J'en ai marre de te voir amoureuse de cet homme. Tu ne te rends pas compte à quel point il te manipule.

— Ce n'est pas vrai.

— OK…

Il sort de la chambre me laissant seule.

Je décide de prendre une douche et me déshabille. Je suis complètement nue quand il réapparaît, visiblement agité.

— Tiens ton téléphone. Demande à ton merveilleux Dean comment tu es rentrée.

— Non je ne veux pas qu'il…

— Demande, vas-y.

Je sursaute sous son ton autoritaire avant de le faire.

**JULIA** : Salut, j'étais pas très bien hier et je me demandais si tu savais comment je suis rentrée ?

**DEAN** : Je t'ai ramenée. Ta voiture aussi. Ça va ? Tu veux que je passe ?

— Alors ?

— Il m'a ramenée.

— Comment a-t-il pu savoir ce qu'il t'arrivait si ce n'est pas lui qui t'a agressée ? Je crois que tu te trompes de cible. Demande à Toob ce qu'il s'est passé, tu pourrais être surprise.

Je suis pétrifiée face à ce qu'il insinue.

James me laisse réfléchir et quitte l'appartement. Telle une automate, je prends une douche, m'habille de sous-vêtements confortables.

Mes doigts tremblent en remontant ma culotte en coton. Une larme coule en comprenant que je ne saurai jamais vraiment ce qu'il s'est passé dans cette chambre de repos.

Dans un demi-état de conscience, j'arrive à atterrir à l'hôpital. Je frissonne à chaque porte qui claque, aux rires trop bruyants des internes, aux cliquetis des poches…

Je suis encore habillée en civil quand Harold et un autre infirmier arrivent d'un bon pas vers moi, m'obligeant à les écouter avant d'entrer dans les vestiaires.

— Nina n'a pas changé d'avis Julia, lâche-t-il sans faire attention à son collègue, immobile à ses côtés. Pourtant, Dean a tenté. Il m'a dit qu'il avait un vrai argument.

— Non ! dis-je persuadée qu'il a mal compris.

Si Dean lui a parlé de moi, c'est peut-être que je n'ai pas rêvé. James a tort et Toob est une ordure. Au fond de moi, j'en suis persuadée, malgré les souvenirs manquants.

— Elle a rendez-vous à 17 h avec le directeur et les autres du conseil d'administration de l'hôpital. Ton époux est là aussi, pour aider je crois.

J'écoute Harold, éberluée. En quoi James peut-il aider dans de pareilles circonstances ? Cela doit se jouer en interne pour le moment.

— Impossible. James est au courant… Il ne pourrait pas laisser cette affaire…

Je ne termine pas ma phrase. La manière dont il s'est comporté ce matin est pourtant cohérente.

Il n'y croit pas. Il va même jusqu'à porter la faute sur Dean, comme si cela était évident.

— Je dois parler à Nina.

— Ça va être dur. Personne n'arrive à la joindre depuis hier.

Un vent de panique souffle en moi. Toob lui a-t-il fait du mal ?

Je pose une main sur mon cou, recouvert de fond de teint, pour couvrir les marques violettes que j'ai vues dans le miroir de la salle de bain. Cela me paraît impensable que Dean ait pu lever la main sur moi.

— Je dois au moins parler à Dean.

Harold semble d'accord avec cette idée et m'indique où je peux le trouver. Je n'attends pas un instant pour m'y ruer. Je le repère rapidement et vu son agitation, il sait que Nina a décidé de ruiner sa carrière coûte que coûte.

Je l'arrête violemment dans ses allers-retours sans fin, en l'attirant dans une chambre vide.

— On doit parler. James dit que... Non, je veux ta version, dis-je un peu confuse.

— Quelle version ?

Il dit ça en fermant la porte derrière lui. Ce geste me donne des frissons dans le dos, comme du déjà-vu.

— Il s'est passé quoi hier ?

Ma question le désarçonne un instant. Il pensait sûrement que je me souvenais de tout.

— Il... Toob était déjà sur toi quand je suis entré dans la salle de repos. Je l'ai repoussé et...

— Et quoi ?

— Je t'ai ramenée. Rien d'autre.

— Tu l'as juste repoussé et tu m'as ramenée ?

— C'est ça.

— OK.

— OK ? s'étonne-t-il.

— Oui. Je te crois.

Il me fait un faible sourire avant de demander :

— Mais si tu me crois, moi, qui a perdu cette chance ?

Je ne réponds rien et sors de la pièce. Je déambule dans les couloirs, attendant la sortie de James des bureaux du directeur quand on hurle derrière moi. Plusieurs infirmières poussent un brancard. Dean sort en arrière-plan de la chambre et tout se superpose devant moi.

Je vois Toob, le visage presque défait, couché sur le lit, le rythme cardiaque au plus bas. Ils parlent coma, traumatisme, un interne parle d'acharnement d'un fou.

Dean plisse les yeux avant de s'immobiliser, comprenant la situation. Il ne cherche pas à fuir. Il reste là, face à cette scène hors du temps et je comprends qu'il est responsable de ça. Qu'il ne m'a pas simplement ramenée.

Son mensonge heurte les pensées que je commençais à remettre en question. Je revois James me dire que Dean est instable et dangereux. Ses mots se répercutent sur les diagnostics qui tombent pour Toob.

Je vois défiler ce que je n'aimerais pas voir.

La vérité. Son vrai visage.

Je recule et le vois essayer de me suivre. Mes pieds glissent sur le sol du couloir, mais je parviens à gagner du terrain. Sans hésitation, je pousse la porte coupe-feu qui mène aux escaliers. Quatre à quatre, j'avale les marches pour rejoindre l'étage de l'administration.

James avait raison sur Dean.

Sur quoi d'autre ?

Je heurte un corps de plein fouet et m'étonne de voir Nina, en pleurs.

— Nina ?

— Julia ?

Nos voix s'entremêlent et je lui laisse prendre la parole en première.

— Tu vas bien ?

— Je... Tu as dit au directeur pour... ?

— Non. J'ai parlé avec Anna et je vais retirer ma déclaration.

Je suis soulagée et à la fois triste. Cette histoire a pris de telles proportions et je ne vais pas en ressortir intacte.

— Tu es sûr que ça va ?

— Oui, oui. Je dois juste y aller, lâché-je en la contournant et remontant les dernières marches.

À l'étage d'en dessous, j'entends quelqu'un monter rapidement l'escalier, sûrement Dean.

Je reste la main posée sur la poignée de porte qui mène à l'administration, prête à la pousser quand j'entends sa voix.

— Nina, s'étonne-t-il. Je ne sais pas pourquoi tu veux me...

— Tout va bien Dean, je retire ma plainte.

— Vraiment ?

— Oui.

— On pourrait peut-être se parler cinq minutes histoire de...

— OK.

— Dans une heure ? À côté de la nurserie ?

— Bien.

— Merci.

Je l'entends continuer sa route. Je pousse la porte pour éviter de me retrouver face à lui.

Au bout du couloir, James est en pleine discussion avec le directeur et je m'y avance, l'air le plus détaché possible.

La porte coupe-feu s'ouvre derrière moi et je fais mine de rien. Dean n'osera pas l'affronter aux côtés de celui qui fait la pluie et le beau temps dans l'hôpital. Ainsi, il me laissera aussi.

— Ma chérie ! Roger, c'était une nouvelle fois un plaisir de vous voir. Il faut se faire ce fameux brunch un de ces jours, glisse-t-il en lui tapant l'épaule amicalement.

Je m'étonne de les voir si proches. Même si James m'a dit le connaître, j'imaginais ça plus comme des appels téléphoniques très professionnels.

— Tout va bien ?

— Oui. Merci, soufflé-je en le prenant dans mes bras.

Cette marque d'attention en public ne me ressemble pas et il resserre ses bras contre moi, appréciant mon geste.

— De ? s'enquit-il un peu perplexe sur mes remerciements.

— D'avoir fait changer d'avis Nina. Quand Harold m'a dit qu'elle voulait toujours l'incriminer, je n'ai pas pu le croire. Pas après ce que je t'ai avoué.

Il reste un instant silencieux et j'écoute son souffle irrégulier quitter sa poitrine, avant de me répondre.

— Oh… Bien sûr mon cœur, je veux te protéger avant tout.

Il pose son menton sur ma tête et je le sens regarder quelque chose derrière moi.

— Tu m'excuses un instant ?

Je pivote de trois quarts pour voir Dean disparaître derrière la porte coupe-feu. Après plusieurs minutes à attendre, je comprends que l'instant va s'éterniser et je meurs de faim. Je lui envoie un texto avant de descendre au réfectoire. À peine les portes passées, Dean fonce droit sur moi, sans prévenir.

— Tu n'es pas calmé après avoir parlé à James ? claqué-je, assez bas pour ne pas attirer une nouvelle fois l'attention ici.

— De quoi tu parles ?

Je l'ignore, prenant un plateau avant lui.

— Je n'ai pas parlé avec James, insiste-t-il.

Je lève les yeux au ciel, comprenant que 90 % de ce qui sort de sa bouche n'est que mensonges depuis le début.

— Bien sûr. Il est parti te chercher et…

— Il t'a dit que c'était moi qu'il allait chercher ? me coupe-t-il, abruptement.

Sans vraiment le vouloir, je fouille ma mémoire pour lui répondre la vérité.

— Non… mais c'était évident que…

— Julia, tu lui as dit que Nina avait changé d'avis ?

— Arrête de me couper la parole, s'il te plaît, m'énervé-je en faisant sauter une clémentine dans mes mains.

— Pardon.

— Et pour répondre à ta question, oui. Mais il le savait déjà puisqu'il en est responsa…

Une nouvelle fois, il n'attend pas la fin de ma phrase pour réagir :

— Oh merde… jure-t-il en pivotant sur place pour se mettre à courir comme un dératé.

Perplexe, je le vois disparaître au loin. La situation semble m'échapper sans que j'en comprenne le pourquoi.

# Chapitre 5

**DEAN**

Je fixe ma montre. Elle est en retard. James a-t-il eu le temps de lui parler ? Malgré ma précipitation après les révélations de Julia, j'ai peur de n'avoir aucune chance. Menace, chantage, intimidation... Il est prêt à tout pour convaincre n'importe qui de dire n'importe quoi devant un jury.

Le fait qu'elle ne soit pas encore là m'angoisse. J'ai une opération programmée dans peu de temps et je n'ai pas le droit d'être en retard avec cette surveillance ridicule de mes faits et gestes.

Je vois la silhouette de l'interne se dégager des personnes sortant de l'ascenseur. Je capte son attention rapidement et m'éloigne, ne souhaitant pas qu'on fasse le lien entre nous. J'avance doucement, glissant deux ou trois sourires aux infirmières acceptant toujours de m'adresser la parole.

Les rumeurs vont bon train et je n'ai que peu d'amis dans chacun des services. Harold m'a assuré que cela ne pouvait pas durer. Même si j'aime particulièrement son optimisme, je crains que cette fois-ci, James ait réussi son coup.

J'ai déjà contacté un autre hôpital, qui m'avait proposé un poste, il y a peu. Ils m'ont quasiment raccroché au nez, décrétant que c'était inadmissible de vouloir changer d'hôpital pour fuir mes responsabilités de, je cite la secrétaire du directeur, « gros porc ». Le terme a été aussi imagé que violent.

Je tire Nina par le bras, pour l'amener loin des regards curieux des infirmières du service pédiatrie. Elle écarquille les yeux quand je m'approche du couloir qui mène à la morgue. Même si ce n'est pas le lieu le plus charmant de l'hôpital, il a le mérite d'éloigner les discussions de pauses et les passages intempestifs de curieux.

— Qu'est-ce que tu vas faire ?

— Je n'en sais rien, m'avoue-t-elle. Il est venu et m'a vivement conseillé de ne pas changer d'avis.

— Et merde... juré-je.

Je ne peux pas la forcer à lui tenir tête, James est trop puissant pour ça.

Elle tourne la tête de droite à gauche pour vérifier qu'aucune oreille ne traîne avant de chuchoter :

— Tu le connais ?

— Que trop bien.

Sans une seule fois nommer James, nous trouvons un accord tacite. Si elle a peur de lui, c'est qu'elle a vu son vrai visage. L'a-t-il menacée si elle persistait à vouloir m'innocenter ? L'a-t-il obligée à rester sur sa première déclaration ? Possible. Je ne la connais pas assez bien pour savoir ses points faibles. James, lui, n'attend pas d'en avoir besoin pour se renseigner, il a dû examiner la totalité du personnel de cet hôpital au cas où. C'est bien lui qui a choisi l'endroit où elle exercerait après tout.

— Ce n'est pas seulement ma place que je risque. Ma carrière aussi. Tu n'imagines pas à quel point il a du pouvoir, dit-elle.

— Crois-moi, je le sais. Il t'a demandé de continuer, c'est ça ? Même s'il sait que Toob est responsable.

Elle fait simplement un petit acquiescement de la tête. Je grimace, mon enregistrement ne peut rien valoir si elle ne le dit pas clairement, tout du moins devant une cour martiale.

— Peux-tu le témoigner ?

Sa réaction est immédiate et ne m'étonne pas. Elle n'est pas la première à réagir ainsi :

— Tu es cinglé ! Je ne t'ai jamais rien dit. Maintenant, tu te débrouilles sans moi. Je ne veux jamais, jamais que tu me cites, c'est clair ?

Je hoche la tête, le contraire m'aurait étonné. S'attaquer à un avocat n'a rien de reluisant. Peu importe, j'ai déjà la certitude qu'il doit y avoir des preuves quelque part. Même si je dois mettre un temps fou pour les trouver.

L'enregistrement qui défile dans ma poche est également une preuve, même si je n'ai pas l'intention de trahir la confiance de Nina. Notre relation a beau être compliquée, je tiens à elle. Ce qui nous arrive, elle ne le mérite pas.

Une petite voix me rappelle que j'ai déjà également bien souffert de mes liens avec James. Cette amitié poison a dirigé et perturbé toute ma vie. Est-ce que j'ai véritablement voulu me servir de Julia pour me venger comme il veut lui faire croire ? Peut-être. Je n'ai moi-même pas la réponse.

Cela avait été si facile de lui faire présumer que j'étais le responsable de son admission. James a joué le jeu plus par peur qu'autre chose.

Quel hasard de les avoir vus ensemble devant cette boite de nuit, ce soir-là et qu'ensuite elle vienne à se perdre seule, au milieu de cette foule.

Le plan était simple. J'avais prévenu les autres. James avait un point faible, pour la première fois. En tout cas, c'est ce que j'avais cru. Mais Julia n'a jamais été le sien. C'est le mien.

À chaque moment passé avec elle, j'ai su que la suite serait compliquée.

Savoir qu'il était véritablement avocat, comme les autres me le disaient, m'a fait réaliser à quel point il avait été le plus intelligent du groupe. Il était intouchable, tandis que nous pouvions tous sombrer, les uns après les autres, sans attache.

Je devais lui arracher son parachute doré. Si nous coulions, nous le ferions ensemble.

— Je te le promets, sifflé-je entre mes dents tandis que la silhouette de Nina s'évapore dans un coin du couloir de l'étage désert où nous nous sommes retrouvés.

Trouver Julia tout de suite est prématuré. Je contacte Tara par SMS juste après avoir arrêté l'enregistrement sur mon téléphone. J'espère que le son est bon et que les révélations de Nina sont assez claires pour un spectateur externe.

*Fichier audio reçu. Je t'attends pour l'écouter. Clé sous le paillasson, je mange dehors.*

Je n'arrive toujours pas à me rendre compte à quel point le soutien infaillible de Tara est essentiel moi. Les gars disent qu'elle doit sûrement jouer double jeu. Je pense qu'ils se trompent, mais nous ne sommes jamais assez prudents. À cause de ce doute, je n'ai pas pu lui dire la raison pour laquelle James me tient à distance. Pourquoi il nous tient.

Et si cela se passe bien, personne n'apprendra jamais pourquoi.

# Chapitre 6

**JULIA**

Je raccroche avec le réparateur, complètement exaspérée. Notre situation ne semble pas prioritaire. Grognant, insatisfaite de m'être fait envoyer balader de la sorte, je retourne dans la cuisine, le téléphone fixe dans la main. James arrive, d'un pas pressé. Plusieurs dossiers dans les mains, sa sacoche à bout de bras et son long manteau.

— Prend ça, dit-il. Le facteur vient de la déposer.

J'observe la lettre marron qu'il me tend. Sans y faire attention, je l'ouvre, glissant mon index sous l'ouverture collée par l'adhésif.

— Franck, oui, bien entendu. Tu n'as pas reçu ? Tiens, je vais vérifier. Ne t'inquiète pas. Nous avons les papiers. Tu sais à quel point je te suis reconnaissant de nous aider dans cette… situation, dit-il en me faisant un sourire.

J'observe le papier dans mes mains.

Un enfant… La réalité me paraît impossible. Aussi vite.

— Bien sûr, c'est normal. Tu l'envoies à mon bureau et je jette un œil au dossier, termine-t-il avant de raccrocher.

Il passe ses mains sur mes hanches, déposant un baiser bruyant sur ma joue.

— Alors ? Heureuse ?

Je hoche la tête, un peu perdue par toutes les émotions qui me viennent d'un seul coup.

— C'était qui ?

Question anodine pour m'aider à revenir à la réalité, tandis que mon pouce caresse mon prénom, à côté de celui de James, comme personne en attente d'un enfant à adopter. À aimer.

— Un ami. Il m'a aidé à passer devant plusieurs listes d'attente, avoue-t-il très vague.

Je fronce les sourcils. L'idée d'obliger des parents à attendre plus longtemps leur enfant me chagrine, mais les affaires sont les affaires comme il dit si souvent et puis, de toute manière, je n'y peux rien.

— Tu aurais dû me dire que tu comptais faire jouer tes relations, dis-je

— Pour te faire espérer quelque chose dont je n'étais pas sûr ?

J'ai envie de rétorquer que je l'en aurai sûrement empêché, mais je ne dis rien, essayant d'arrêter nos querelles inutiles.

— J'ai juste besoin que tu me promettes une seule chose. Ne plus te mêler des histoires de Dean.

— Il n'y a plus d'histoires.

— Si tu ne t'en occupes plus, effectivement, il n'y en aura plus.

Je fronce les sourcils, que tente-t-il de me dire ?

— James... Tu as quelque chose à me dire ?

— Simplement qu'il est bon d'avoir un avocat pour soi et non contre soi. Si tu me promets qu'il n'y aura jamais rien entre vous et que c'est notre famille qui t'importe, alors je veux bien l'aider à se sortir de cette situation. Juste pour cette fois.

— Si tu peux l'aider, d'accord, mais je croyais que c'était fini.

— Pas complètement. Nous avons un accord alors.

— Oui, monsieur.

Je réponds trop vite pour que cela ne me fasse pas poser des questions. Pas un seul instant, je n'ai pensé abandonner Dean à son sort, est-ce normal ?

James a raison. Je dois commencer à penser à ma famille. Cette promesse, je dois la tenir pour nous trois. Il faut mettre une distance entre lui et moi.

À l'inverse de James et moi, contre qui je colle mon corps. Le contact de ses bras me fait oublier notre panne de climatisation.

— Besoin d'un petit moment pour augmenter encore un peu la température, madame ?

Je ris face à cette nouvelle invention de « moment ».

Il prend ma réaction pour un oui et me soulève d'un seul bras. Je hurle de surprise. Fier de son coup, il m'emmène dans la chambre.

Une fois arrivés dans notre nid douillet, il me laisse toucher le sol. Mes pieds nus se glissent dans le tapis de fourrure posé devant notre lit.

— Une douche, demande-t-il le regard lubrique.

En temps normal, partager un moment tous les deux sous l'eau chaude me tente. Cette fois-ci, j'ai besoin d'autre chose. D'un contact plus rapide. Je l'attire à moi tandis qu'il part déjà en direction de la salle de bain. Étonné, il me contemple un moment avant d'arrêter de résister.

Mes ongles s'enfoncent dans son cou au moment où ma langue se fraye un passage entre ses lèvres. Il sourit avant de me rendre ce baiser langoureux.

— Madame aurait-elle besoin de changement ?

Je rougis malgré moi. Être une déesse au lit n'est pas inné chez moi. Sauf que j'ai la phrase de Dean à l'esprit sans cesse. « *Tu crois qu'il veut un bonbon sucré, sans jamais goûter le piquant un jour ? Arrête de le croire irréprochable et ouvre les yeux sur ce qui l'entoure. »*

Il a fait référence aux collègues avocates de James, comme si j'étais incapable d'être ce petit bonbon piquant.

Même si me comparer à une sucrerie est à l'opposé de ce que toute féministe me proposerait à l'heure actuelle, je ne peux qu'être d'accord avec l'efficacité de cette métaphore.

— On peut jouer un peu non ?

J'ai la voix tremblante. Peut-il réellement dire non ? Plus qu'une humiliation, cette réponse augmenterait ce sentiment d'être sale et répugnante depuis l'agression de Toob. Comme si je n'avais plus rien d'attirant, même à mes yeux…

Je déglutis, angoissée de le voir me repousser.

Mais cela n'arrive pas. Les doigts de James s'entrelacent aux miens avant de se figer. Une sonnerie résonne dans le couloir.

— Tu attends quelqu'un ?

— Seulement toi.

# Chapitre 7

**DEAN**

— Arrête-toi.

Mes poings se répercutent de plus en plus rapidement sur la surface à demi molle qui devient ma cible. Mes articulations rougissent sous les coups répétés. Mon cœur tambourine dans mes tempes à un rythme régulier. Je sautille de droite à gauche, couvrant ce qui fait bouillir mon sang.

La lanière de mes baskets s'enfonce dans ma chair. Je sens chaque goutte de sueur couler le long de mes tempes. Je vois sa lèvre ensanglantée et je continue. La phalange de mon index droit se loge sous son nez.

— DEAN !

Je n'entends plus rien. Il recule. Impossible de m'échapper, je sautille à droite à gauche, j'esquive et m'avance.

*Poing droit, gauche, contrôle.*

Statique, j'attends qu'il réponde. Je ne veux pas me battre seul, bien au contraire. Je veux qu'il écorche ma peau, me rue de coups, pour que l'intérieur ne soit pas le seul à saigner.

Je reçois le premier coup du traître à ma gauche. Il n'est pas dans le combat, mais qu'importe.

Pivotant sur le côté, j'attrape son bras à sa deuxième attaque. Il ne s'y attend pas et perd aisément l'avantage de la surprise pour s'étaler entre mon adversaire et moi.

Je m'essuie la bouche pleine de sang avant de cracher au sol.

Le ciment ciré est maculé de gouttes d'hémoglobine.

Ici, ce n'est pas si différent d'une salle d'opération.

*Prévoir, subir, accepter et recommencer.*

Un mouvement attire mon attention.

Le poing arrive dans mes côtes sans prévenir et je plie sous la douleur.

Sans m'avouer vaincu, je titube vers l'avant, attrapant celui qui se tient toujours devant moi, au niveau des hanches. Mon poids le fait basculer vers l'arrière. Au moment de notre chute, je me décale sur le côté pour me redresser immédiatement.

Ils ne sont plus que deux devant moi. L'un déjà amoché, l'autre intact.

— Venez, ce n'est pas la première fois que vous combattez, non ?

Sauf que personne n'avance. Je reste seul, à sautiller sous l'adrénaline qui s'injecte partout en moi.

— Allez-y ! Battez-vous !! hurlé-je.

Aucun des deux ne réagit. Le regard baissé au sol, ils n'osent même pas m'affronter.

— Bande de lâ…

Ma phrase meurt dans ma bouche tandis que je sens mon corps tomber vers l'arrière. Celui que je viens de coucher s'est servi de la diversion pour venir frapper mes deux genoux, piliers de ma position.

Sans pouvoir me retenir, je vois les deux autres s'avancer d'un seul coup.

Je hurle, sachant ce qui m'attend. La mémoire sensorielle est prête à reprendre du service. Ma chair douloureuse et tuméfiée n'est pas loin dans mon souvenir. La réalité ne pourra être pire que ce que j'ai déjà vécu.

— Calme-le Peter ! Merde, il aurait pu avoir notre peau.

La voix m'est familière mais je n'y crois pas. Mon esprit a toujours fait ça. Quand ils venaient me terminer, à chacune de mes fins de gardes, je revoyais le visage de mes amis. Impuissants puisqu'absents.

— Désolé les gars, j'ai pas su nous protéger tous, m'excusé-je en fixant le plafond, dernier élément que je verrais avant de me réveiller demain, si je survis une nouvelle fois.

— Arrête Dean, ce n'est pas encore en train d'arriver. Tu es avec nous. On est là, me répète la voix de Peter.

Il me répétait toujours ça quand je l'avais au téléphone le lendemain d'une attaque. Il me rassurait comme il pouvait, à des milliers de kilomètres de moi.

— Il fait quoi là ? s'inquiète une autre voix familière.

Mark est rarement dans mes pensées. Je dois vraiment aller mal ce soir. En quelle année d'internat suis-je ? J'ai passé la journée au bloc, c'est sûr. Et il y a cette femme qui me plaît.

Je l'ai vue mais…

— Il délire.

Je n'ai pas besoin des mots de Peter pour revenir à la réalité. Me souvenir d'elle a suffi. La douleur qui envahit mon corps remet mes idées en place. Je revois ma cérémonie de diplôme, les dizaines d'opérations, les vies sauvées, perdues. Je revois le retour providentiel de la bande près de L.A. Nos retrouvailles et la fin de l'enfer.

— Je vais… bien, articulé-je du sang dans la bouche.

Ils pouffent d'un rire jaune. Peter me redresse doucement, attendant de voir mon état, autant physique que mental.

— Tu es sûr que ça va gars ? s'inquiète Sy, le dernier de la bande, sans une égratignure.

Je hoche la tête, un peu sonné par les derniers événements.

— Mark a raison... J'ai failli vous buter, déclaré-je affecté par cette réalité.

Peter hausse les épaules avant de tendre son bras que j'attrape bien volontiers. Je reconnais la salle de boxe où l'on vient depuis déjà des années.

« *Plus jamais des victimes* » C'était notre adage en entrant ici comme des crevettes. À l'heure actuelle, que ce soit Marc et ses 110 kilos, Sy et ses bras de titan, Peter et sa dextérité au combat ou moi, personne ne peut nous identifier comme des crevettes. Encore moins comme des victimes.

Sauf qu'on ne peut pas effacer ce qu'on a été. On peut simplement apprendre à se battre pour ne plus l'être.

— On a tous eu de mauvais moments. T'inquiète, c'est juste Sy qui a flippé, s'amuse Peter.

Sy lève les yeux au ciel face à cette information légèrement déformée et exagérée. Seul Marc reste impassible. Je sais bien qu'il attend de me voir en tête-à-tête pour en parler. Il l'a toujours fait. Une sorte de père que nous n'avons pas eu.

— Je ne savais pas que tu faisais encore ce genre d'hallu, avoue Sy sans relever la pique de Peter.

Sans vouloir être alarmiste, je ne dis rien sur les autres fois où cela s'est produit les derniers mois. Moi-même, j'avais cru cette partie de ma vie enfouie à jamais. Mais je me suis réveillé plusieurs fois, complètement déconnecté de la réalité.

Le déclencheur a été quelques semaines après ma rencontre avec Julia.

J'ai perdu un patient, un homme que je connaissais et qui m'avait, une fois, trouvé sur le parking de l'hôpital, bien amoché.

Il ne me restait que quelques heures avant la prochaine garde. J'avais comaté un bon moment derrière les bennes où ils m'avaient abandonné lâchement. Cet homme m'a remis sur les rails et depuis ce jour-là, j'ai compris que le monde n'était pas complètement noir.

Sauf que je l'ai perdu. La douleur et l'injustice de sa mort ont rouvert une page que je pensais avoir brûlée.

Sans l'intervention de mon collègue et de Julia, je n'aurai jamais réussi à sortir de ce bloc.

J'ai perdu pied, ce qui ne m'était pas arrivé depuis l'internat. Depuis eux.

Et maintenant, cela revient sans cesse par vagues. Souvent, les émotions que me provoque Julia sont un déclencheur aux crises.

— Je gère, ne vous inquiétez pas. C'est juste du surmenage. On m'a changé mes heures et j'ai eu deux-trois mots avec la direction à ce propos, éludé-je en évitant leur regard.

Leur avouer l'avertissement que j'avais reçu ou encore les conséquences qu'un faux pas peut me coûter ne me paraît pas une belle manière de les rassurer.

Sy prend la direction des vestiaires et nous le suivons tous. Un groupe de jeunes nous observent, un peu intimidés. Notre altercation d'il y a quelques minutes devait donner de leur point de vue quelque chose d'impressionnant.

Sy leur fait un clin d'œil avant d'entrer dans les vestiaires. Peter les salue. Mark et moi les ignorons.

Maintenant que j'ai repris un peu plus connaissance, la douleur est plus intense. Dès qu'on rentre, je m'assois dans un coin pour soulager mes muscles endoloris. Sy et Peter se changent en quelques minutes, déjà en retard sur leur programme de la soirée.

— On remet ça la semaine prochaine, en moins musclé, sourit Sy en sortant.

Il n'attend aucune réponse de ma part et part suivi de près par Peter. Ce dernier n'a toujours pas investi dans une voiture. Trop polluante selon lui.

— Tu devrais vraiment arrêter de la côtoyer, lâche-t-il au moment où je retire mon t-shirt plein de sang.

Mon torse huilé par la sueur brille sous les néons, tandis que Mark me fixe, le regard grave.

— Ce n'est pas lui que tu bousilles là. Il t'atteint encore, que tu le veuilles ou non.

Je glisse mon jogging le long de mes cuisses sans réagir. Je suis las. La fatigue musculaire vient se rajouter à celle qui m'envahit depuis des jours. Une plus vicieuse, qui s'infiltre dans mon subconscient pour m'interdire de dormir convenablement ou de me concentrer au bloc.

— Je vais bien, tenté-je de me convaincre.

Je m'éloigne de lui pour atteindre mon casier quand je vois son ombre bouger et fondre vers moi. Il m'attrape le coude d'un coup sec, son geste me fait pivoter malgré moi. Ses prunelles noires s'enfoncent dans mon regard brumeux.

— Dean, tu peux leur mentir, te mentir, mais n'essaie pas avec moi, claque-t-il dans sa mâchoire contractée. Cela n'a jamais marché. N'oublie pas qui est venu te chercher ce soir-là, continue-t-il. Ils ne savent pas à quel point ce n'est pas qu'une histoire de vengeance enfantine. Moi, je sais jusqu'où c'est allé une fois. Il est hors de question que cela recommence, tu m'entends. Je ne vais pas te laisser replonger dans cette noirceur à cause de lui. Pas tant que je suis en vie.

Ses paroles résonnent en moi. Mark n'est pas dupe. Comparé aux deux autres, il ne croit pas à mon petit jeu de Monsieur tout va bien. Je ne tente même pas de démentir, préférant l'interroger sur un point qui m'intéresse depuis un moment.

— Il sait que tu es en ville ?

Il penche la tête sur le côté, étonné d'avoir de ma part une telle question.

Je ne suis pas du genre curieux, surtout quand cela le concerne.

Mark n'est pas comme nous. Quand je l'ai rencontré, il était déjà un mystère pour tout le monde. Il ne dit rien sur sa vie. Il reste discret et ne paye jamais en carte.

La seule chose que je sais, c'est la raison de sa venue en Californie.

James.

Comme les autres, mais pour des motivations bien particulières.

— Pas encore. J'attends le bon moment, dit-il en fermant d'un coup son sac de sport. D'ailleurs, tu as un privé qui te colle aux fesses, si tu ne veux pas qu'elle reçoive des photos de toi en sang, pour prouver les dires de James, passe sous la douche avant de sortir d'ici.

Je ne réagis pas. James est avocat, mettre un détective sur mes traces ne m'étonne pas le moins du monde. À sa place, j'aurais sûrement fait la même chose.

— Je vais lui faire les pieds en restant une bonne heure au supermarché, lâché-je.

Mark sort un demi-sourire face à ma réplique immature. L'heure n'est pas à l'affrontement. Il est trop tôt. Nous le savons tous les deux. Sauf que Mark sait exactement ce qu'il fait, moi je survis, comme je l'ai toujours fait.

— Tu t'en tires bien jusqu'ici. Faut continuer.

Je hoche la tête et rejoins les douches pour suivre son conseil. Je ne le regarde pas partir, ayant ce goût amer d'un adieu à chaque fois que son dos disparaît dans l'encadrement d'une porte. On a l'habitude, on peut ne pas le croiser durant des semaines, puis, d'un seul coup, même si nous avons changé nos horaires de boxe, il nous retrouve et personne ne parle de son absence.

Le filet d'eau coule le long de ma peau et j'imagine comme à chaque fois ses mains sur moi.

— Je te déteste, murmuré-je à ce mirage éphémère.

— Ce n'est pas ça l'amour, rit-elle. Haïr pour mieux s'aimer ensuite ?

Je me détourne du jet d'eau pour observer les prunelles vertes qui m'observent. Ses cheveux blonds sont humides. Ce souvenir date de plusieurs jours avant que…

Ma gorge se contracte. Mon poing vol, passant à travers le souvenir de son visage pour s'écraser contre la paroi carrelée de la douche. Je ne réagis pas. Cette douleur rejoint le reste.

— Pourquoi faire semblant de m'aimer encore ? C'est elle que tu aimes maintenant, souffle-t-elle dans mon dos.

Même si je sais que ces paroles ne sont créées que par mon subconscient, je ne peux m'empêcher de vouloir la faire taire physiquement. Je pivote pour affronter une nouvelle fois son regard quand je vois le corps nu de Julia. Il est devant moi, si réaliste.

— Je ne t'aime pas.

Ma voix tremble. Je tâtonne le mitigeur pour augmenter le flux de l'eau. L'eau s'écrase sur mes blessures m'aidant à retrouver mes esprits plus facilement. Bientôt, le souvenir se brouille pour disparaître quelques instants plus tard.

Je ferme les yeux, soulagé que cette hallucination se termine.

Mes mains plaquées sur le carrelage humide, je reprends ma respiration pour calmer les battements de mon cœur.

Mark a raison, je dois reprendre le contrôle de la situation. James n'a plus aucune emprise sur moi. Ma position à l'hôpital va s'arranger. Ils n'ont aucune preuve de ce qu'ils avancent et Julia va ouvrir les yeux, il le faut.

Plus calme et bien décidé à sortir rapidement de cette situation, je sors de la douche et me sèche.

Une fois sur le trottoir de la salle, je me force à ne pas observer la berline grise garée à deux pâtés de maisons. Avant que Mark m'en parle, j'avais déjà des doutes sur cet homme croisé cinq fois dans la semaine à des horaires et endroits différents.

# Chapitre 8

## JULIA

— On prie pour ne plus avoir de journée comme ça ! gémit Lin, une des kinésithérapeutes avec qui je viens de passer l'après-midi.

Lin avait dû lancer de longues recherches pour retrouver un patient âgé disparu, pour au final le retrouver, sur le toit de l'immeuble, appuyé à une barre pour faire un exercice de rééducation qu'il ne pouvait pas faire dans sa chambre.

Même si cette journée fut stressante, elle se termine bien de notre côté. C'est moins le cas des trois opérations qui ont eu lieu pendant nos recherches de papy mystère.

Deux décès et une complication.

*La loi des séries*, a haussé des épaules Fin, fataliste. Sûrement.

Sur les rotules, je lui souhaite une belle soirée avant d'appuyer sur les boutons d'appel de l'ascenseur.

— Julia ? Quel plaisir de te voir ! Je me demandais si tu…

Le petit bruit de l'ascenseur coupe l'agent de sécurité, assez collant envers moi ces derniers jours.

— Mince je dois y aller, une autre fois, bye.

Je m'éclipse prestement derrière les portes grises de la cage ce qui le décourage complètement, reprenant sa ronde.

Je m'immobilise quand je lève les yeux de mes pieds pour observer l'intérieur de l'ascenseur.

Comme seule personne à l'intérieur, Dean, le visage tuméfié, m'observe.

— Un problème ? glisse un stagiaire de l'administration derrière moi.

Sans répondre, je m'avance pour lui permettre de rentrer dans la cage d'ascenseur.

— Oh, il ne vous a pas loupé, s'exclame le petit jeune en voyant la peau violacée du titulaire.

— Qui ? paniqué-je en attendant sa façon de dire « il », comme s'il connaissait bien l'histoire de ce coquard.

Une fraction de seconde, l'idée me vient que James ait pu l'attendre sur le parking et le frapper. Il traîne beaucoup ici, depuis quelques jours.

— Entraînement de boxe. J'étais pas… Réveillé, on va dire.

Le stagiaire se frotte la mâchoire, compatissant.

Je préfère m'effacer sur le côté, comme si je ne connaissais ni l'un ni l'autre. Les portes se ferment et l'ascenseur récupère deux autres femmes à l'étage inférieur. Elles regardent Dean avec de grands yeux mais restent muettes.

Une fois les étages passés, il ne reste plus que lui et moi, nous dirigeant vers le parking souterrain.

Il se met à parler seulement lorsque je sors sur le bitume.

— Tu m'aimes ?

Je ne réponds pas. Mon corps de trois quarts vers lui. Il est maintenant collé à moi.

— Julia. Je ne te demande rien d'autre, murmure-t-il. Je veux juste savoir si tu m'aimes.

Je fixe sa main posée sur mon bras. À la différence de James la dernière fois, il ne serre pas ses doigts contre ma peau, il accompagne mes mouvements.

— Pourquoi ? murmuré-je en continuant à observer sa main.

Il lâche mon bras pour toussoter dans son poing, légèrement mal à l'aise d'un coup.

— Harold m'a dit que tu es allée contre l'avis de James pour m'aider. Qu'il ne voulait pas que tu t'en mêles.

— Toob est un ami de James, expliqué-je, notant d'en vouloir à Harold d'avoir fait des confidences à Dean sur ça.

— Oh...

— Mais cela ne change rien.

— James n'a pas dû apprécier.

— On peut se tromper sur nos amis, cela arrive.

J'ai envie de répondre qu'on peut également se tromper sur l'amour, mais il retournerait cette phrase contre moi. Et je n'ai pas envie d'un débat stérile aujourd'hui.

— Tu crois qu'il s'est trompé ? dit-il en appuyant sur le mot « trompé ».

— Je... Qu'insinues-tu ?

— Rien que tu n'aies pas déjà pensé.

— Je ne vois pas de quoi tu parles.

Je croise les bras sur ma poitrine, telle une enfant butée.

— Vraiment ? Tu devrais arrêter de te mentir pour commencer, ensuite, nous pourrons parler.

— Ce n'est pas moi qui voulais discuter, rappelé-je.

— Tu fuis, Julia.

— Que veux-tu savoir ? Si je crois qu'il savait les penchants illégaux de son ami chirurgien ? Ou alors tu veux connaître la raison de son choix de le défendre dans cette affaire ?

Cette information le laisse sans voix. La même expression atterrée que j'ai eue quand je l'ai apprise. Mon époux défendant un violeur dans mon propre hôpital.

— L'argent n'a pas d'odeur et je connais Tood, cela facilite l'affaire, m'avait-il expliqué juste avant de partir à un rendez-vous ce matin.

Sa façon de le dire, nonchalante, m'a écœurée. J'ai appelé trois fois à son bureau avant de tomber sur Émilie. Elle m'a clairement dit que James avait insisté pour prendre l'affaire et pour une fois cette langue de vipère m'a paru sincère et étonnée du choix de son confrère.

— Il espérait faire changer la donne ?

Dean est presque paniqué. Savoir que James prend les rênes de l'opposition n'a pas l'air de lui plaire et je le comprends.

— Non… Il sait que plusieurs infirmières et Anna sont prêtes à témoigner. James peut négocier un arrangement, tout au plus.

Cette possibilité me fait monter la nausée.

Il n'a pas pensé une seule seconde aux répercussions que cela pouvait avoir sur ma vie professionnelle au quotidien.

— Et tu es d'accord avec ça ?

Je le fixe. Il veut juste me faire cracher le morceau, haut et fort, car il connaît déjà ma réponse. Toute femme saine d'esprit serait contre à ma place.

— Non.

— Mais tu ne t'y opposes pas.

Sa voix est pleine de reproches et cela me blesse. Je n'ai pas le choix. J'ai épousé un avocat en sachant qu'une partie de son travail serait de cet ordre-là.

— Je n'ai rien à dire sur son travail. Tout comme lui sur le mien. Si je tue un patient, je n'aurai aucun compte à lui rendre, c'est pareil dans son sens.

— Sauf qu'il t'interdit de rentrer dans le bloc avec moi…

— Dean, cela n'a rien à voir…

— Au contraire Julia. J'aimerais que tu prennes conscience de qui il est.

— Je le sais.

Je n'en suis pas sûre, mais il n'a pas besoin de le savoir, surtout dans ce genre de discussion, presque seuls sur un parking. Je recule de quelques pas pour garder une distance de sécurité qu'il essaie de combler.

— Julia, réponds à ma question. M'as-tu aidé parce que tu m'aimes ?

— Dean...

J'hésite à lui dire la vérité. Harold avait l'air si sûr de lui quand il m'a assuré que j'allais regretter de ne pas ouvrir mon cœur, même si je ne peux l'offrir. Je pourrais tout de suite, là maintenant lui avouer ce que je ressens. Mais comment pourrions-nous ensuite faire comme si de rien n'était ? Continuer ma vie d'un côté, la sienne de l'autre. Parce que c'est bien ça qu'il faut faire, s'éloigner.

— Je n'ai pas fait ça parce que je t'aime. J'ai simplement trouvé que c'était injuste pour toi et qu'il méritait de payer. Jamais je n'ai...

Je m'arrête, lui mentir effrontément, je veux bien. Mais il ne faut pas que ça dure. Son visage a déjà perdu son assurance et mes larmes ne vont pas tarder à surgir.

— Dean, je n'ai pas fait ça pour toi. Mais pour toutes les femmes de l'hôpital, lâché-je.

Ce n'est pas un mensonge, seulement une part de la vérité.

Je pivote sur mes talons et m'éloigne par des enjambées rapides.

— Tu peux encore ouvrir les yeux, hurle-t-il en me suivant à petites foulées, lessivé par sa garde.

Je m'immobilise. Un groupe d'internes est à quelques mètres devant nous, ils ont dû entendre, il n'y a aucun doute. Je pivote, doucement, prenant mon temps pour trouver les mots qui suffiront. Ceux qui l'aideront à arrêter d'espérer. James a été clair, il ne s'occuperait plus jamais des affaires de l'hôpital si je coupe court à mes relations, même amicales avec Dean.

Ce n'est pas sorcier. J'ai juste à ouvrir la bouche et lui asséner le dernier détail qu'il ne connaît pas. L'élément qui me pousse encore aujourd'hui à croire en mon amour pour James. Cette part d'humanité qu'il a et notre lien, indéfectible que cela scellera.

— Ne dis rien, si c'est pour nous faire encore du mal, commencé-je.

Je ne sais pas s'il comprendra que je parle de lui et moi en utilisant ce « nous ». Que James ne souffre en rien de notre situation, que les deux pauvres victimes, c'est bien lui en première ligne, et moi, sur le côté, impuissante.

— James et moi allons avoir un enfant.

Comme je m'y attendais, à ces mots, il arrête de marcher vers moi. D'un seul coup, ses épaules s'affaissent.

— Non. Ce n'est pas possible, souffle-t-il.

Je ne dis rien. Il n'a pas besoin de savoir les conditions, les papiers et les coups de pouce d'inconnus sollicités par James. Il aurait sinon le courage de m'en dissuader. Et je ne sais pas s'il n'arriverait pas à me faire douter de mon rêve, pour le lui reprocher dans des années.

À la place, je contemple ce que je suis en train de lui faire. La peine que cette révélation lui inflige me fend le cœur.

— Pas avec lui, Julia… pas avec lui, souffle-t-il.

Il tombe à genoux, se tenant la poitrine, comme si je venais de lui asséner un coup dans le sternum. Je fronce les sourcils, inquiète de le voir faire une crise cardiaque devant moi. Je n'ai pas fait deux pas vers lui qu'il lève sa main gauche en l'air.

— Ne t'approche pas. Va-t'en même !

Il claque sa langue et je recule quand je croise son regard noir. J'aurais aimé discuter avec lui, lui expliquer la situation ou encore mieux, lui prouver que je n'ai jamais voulu ça... Mais il n'en est plus question.

Au lieu de l'éviter, j'ai plongé tête baissée dans cette histoire, comme si aimer deux personnes à la fois n'entraînait aucune conséquence. Peut-être que si j'étais comme Harold, plus sage, je ne l'aurais pas détruit.

Mon cœur serait encore intact et les conflits secrets qu'entretiennent James et Dean n'auraient pas ressurgi.

Ni l'un ni l'autre ne me dira ce qu'il s'est passé entre eux. Peu importe le passé, je dois les aider à construire un avenir. Dean le comprendra un jour.

Je fais demi-tour, la mort dans l'âme.

Est-il possible de se pardonner d'avoir aimé ? Un jour, aurai-je la force de le regarder sans ressentir ce manque permanent ? Et James... Que va-t-il nous arriver ?

Les questions m'assaillent tandis que je monte dans ma voiture. Regardant une dernière fois dans le rétroviseur la silhouette d'une partie de mon cœur.

# Chapitre 9

**DEAN**

Rageusement, je pousse le chariot devant moi, avant de croiser les yeux d'une petite fille, debout à l'intérieur, guettant le retour de sa mère sûrement. Troisième fois que je fais le tour du magasin sans trouver ce que je cherche. J'ai beau tenter de me calmer, la conversation de toute à l'heure me revient à l'esprit.

— Qu'est-ce que tu viens de créer, maugréé-je à moi-même.

La petite fille du caddie me regarde, un peu perdue.

— Je ne comprends pas, dit-elle timidement.

Elle a des cheveux bruns, tressés en deux nattes sur les côtés. Même si elle ne ressemble pas à Julia, j'y vois un avenir qui n'a plus lieu d'être. Je réalise que j'imaginais lui offrir cet enfant qu'elle désirait tant. Malgré les mois écoulés, j'avais cet espoir vain qu'elle prenne conscience, sans moi, de la valeur de James. Sauf que Tara a raison, l'amour ne l'a pas rendu qu'aveugle. Elle reste butée sur cet engagement bidon qu'elle a pris. Comme si le divorce n'existait pas. Je serre les poings rageusement, en évitant d'envoyer valser une nouvelle fois le chariot de l'enfant.

Je fais demi-tour pour trouver un rayon vide, où extérioriser ma frustration.

Vingt minutes que je tourne, tel un fauve en cage dans le magasin. Une vendeuse me guette de loin. S'imagine-t-elle que je suis l'un de ces braqueurs fous ? Un homme désespéré ou perturbé qui pourrait venir commettre ici l'irréparable...

Je me prends la tête dans les mains et perds conscience du temps qui passe. Je m'efforce d'oublier sa voix qui s'entrechoque sur chacune de mes pensées. De ne plus voir son sourire brûler ma rétine et son rire cristallin taillader mon cœur.

Les émotions à vif, je ne bouge plus pour réapprendre à vivre sans elle, dans ce silence immuable qu'est la solitude. Je ne réagis plus à rien, jusqu'à ce qu'une petite voix familière s'approche de moi.

Elle ne me parle pas. Elle s'adresse à quelqu'un d'autre.

Immobile, les yeux clos, j'attends.

— Ne vous inquiétez pas, il est avec moi, explique-t-elle. Il va bien. Pas besoin d'appeler la police, soutient-elle plus fermement.

Des petits pas pressés, d'autres plus loin, étouffés, voilà les bruits que j'entends autour de moi.

— Dean... souffle-t-elle en posant une main sur mon cou.

Le contact chaud de quelqu'un d'autre me fait frissonner. Je la connais mais mon esprit ne veut pas mettre de nom. Comme si rouvrir les yeux, accepter de me souvenir de quelque chose allait faire revenir le reste. Cet amas douloureux qui me ronge.

— Je ne peux pas, murmuré-je.

Des larmes coulent de mes yeux clos. Le va-et-vient de la main sur ma peau m'apaise légèrement. Je sens mes muscles se détendre malgré moi.

— Si Dean, tu le peux. On va sortir du magasin, d'accord ?

Elle attend une réponse que je ne lui offre pas. Sa main s'écarte de ma peau et le froid revint aussi vif qu'un cavalier de l'apocalypse.

Un bras m'entoure et je prends conscience que je suis à terre. Depuis combien de temps ? Aucune idée. Le fait est que je déplie avec difficulté mes jambes pour me remettre debout.

Pas une seule fois, je n'ouvre les yeux. Tel un aveugle, je la laisse me guider jusqu'à l'extérieur. Incapable de croiser le regard du monde qui m'entoure. Ils ne peuvent pas comprendre, moi-même j'en suis incapable.

— Dean, nous sommes dehors. Tu es venu en voiture ?

J'acquiesce. Nous restons sans bouger un moment, sûrement pendant qu'elle cherche de vue ma voiture. Le pick-up est garé à trente mètres sur notre gauche. Elle semble l'avoir remarqué car nous avançons.

— Tu ne veux pas ouvrir les yeux ?

Ma réaction est ridicule, je le sais. Sauf que depuis qu'ils sont clos, une certaine sérénité m'a envahi.

— Ne dis rien, si c'est pour nous faire encore du mal. James et moi allons avoir un enfant, voilà ce qu'elle m'a dit mot pour mot, expliqué-je à Tara.

— Elle ne te parlait pas d'un enfant, enfant ! explique-t-elle en mettant les guillemets autour de son dernier mot. Elle voulait dire qu'ils vont lancer les procédures d'adoption. Tu sais combien de temps cela met ?

Je secoue la tête, perdu. Quelle différence, ils vont avoir un enfant. Je ne veux pas être l'homme qui empêchera un enfant d'avoir ses deux parents ensemble.

— Mais tu es idiot ! Ils n'ont encore aucun enfant. Cela nécessite des mois, des années !

Je la regarde s'agiter devant moi.

— COURS ! hurle-t-elle excédée par mon mutisme. Rattrape-la, dis-lui la vérité. Montre-lui à quel point James est une ordure !

Sans attendre, je quitte mon amie. Je vais la récupérer. Tara a raison, quand elle connaîtra la vérité, elle me croira. Elle ne peut pas aimer un homme comme lui. Ce n'est pas possible.

Je cours entre les véhicules. Je sens que mon cœur va sortir de ma poitrine quand j'hésite à prendre ma voiture. C'est l'heure de pointe et je ne suis qu'à quelques pâtés de maisons de son appartement. Je m'élance à en perdre haleine.

Mes jambes me font souffrir, la garde de 48 heures s'accumulant à l'effort intense et peu habituel que je demande à mon corps. Je perds de la vitesse mais ce n'est pas grave. La prochaine garde de Julia ne doit commencer que dans quelques heures. Je peux l'intercepter avant. Et s'il le faut, j'irai lui avouer ça à l'hôpital, peu importe que je sois sous surveillance. Je dois lui ouvrir les yeux.

Mes yeux s'illuminent quand je vois la voiture de James absente devant chez eux. La lumière qui s'éclaire au premier étage m'apprend qu'elle doit être seule.

Heureux d'avoir enfin une bonne étoile au-dessus de la tête, je m'avance vers l'interphone.

Les bips résonnent au rythme effréné des battements de mon cœur.

*** 

— Julia ? Écoute, je dois vraiment te parler. Même si je dois t'avouer toute la vérité sur ce trottoir, tu dois m'écouter et…

— Monsieur. Monsieur, m'arrête une voix que je ne reconnais pas, trop déformée par le son de l'interphone. Si vous avez envie de voir Madame, elle n'est pas là. Ils sont partis en voyage pour fêter leur décision d'adopter. Je suis celle qui garde l'appartement le temps de leur absence.

J'ai l'impression de recevoir le ciel sur la tête. Je recule de plusieurs pas quand mon téléphone vibre dans la poche.

« *Nouveau planning de gardes, absence interne justifiée* »

Voilà la preuve que James a le bras long. Il a permis à Julia de partir tandis qu'aucun interne ne le peut. Une nouvelle fois, elle m'abandonne sans m'offrir une chance de m'expliquer.

La douleur que j'ai reçue des mois plus tôt se réveille. Sauf que cette fois-ci, je ne lui courrai pas après. Qu'importe qu'elle ne sache pas qui elle a épousé, elle devrait voir à quel point je suis sincère.

Mon téléphone sonne et je décroche machinalement tandis que je quitte leur quartier.

— Quoi ? grogné-je à mon interlocuteur.

Ce dernier semble avoir un instant de doute avant de parler.

— Tu m'as dit d'enquêter sur une boite d'avocats, non ? Je crois que tu vas être satisfait, m'apprend la voix que je reconnais entre mille.

— Merci.

— Si c'est pour faire payer James, c'est avec plaisir, lâche mon correspondant avant de raccrocher.

Je ne suis pas le seul à le connaître sous son vrai visage, et bientôt, Julia le connaîtra, qu'importe le moyen.

Ce n'est plus seulement pour elle que je le fais. Dorénavant, elles sont deux.

***

Je marche le long du trottoir un peu sonné. Les sons qui envahissent mon esprit viennent d'ailleurs. D'un passé qui me saute à la gorge face à la disparition soudaine de Julia. Où est-elle ? James lui a-t-il proposé une nouvelle fois un voyage ou est-ce bien pire ?

La peur me tord le ventre et par réflexe, je sors mon portefeuille pour sortir le morceau de journal vieilli glissé dans la première fente.

*La Une* est chiffonnée, mais je n'ai pas besoin de lire l'article en première page pour savoir de quoi il parle.

Les mots défilent devant mes yeux, tandis que mon cœur se sépare à nouveau en deux morceaux.

## GAZETTE DE WESTFIELD — N° 39 - 20 SEPTEMBRE 2004

### *DISPARITION INQUIÉTANTE DE JENNY MAINTORN*

*Durant la nuit de dimanche à lundi, la fille de l'adjoint au maire MAINTORN a disparu brusquement, sans laisser de trace. Tandis que la police demande un délai d'attente à la famille avant de démarrer des recherches, supposant une fugue de l'adolescente de 16 ans, nous invitons nos lecteurs à se rapprocher des services de police si vous détenez toutes informations.*

*Selon le témoignage de la mère de la jeune fille, sa fille est partie en soirée, accompagnée de son petit ami dont elle ne connaît que peu de choses. Un jeune homme nommé Dean et dont l'identité complète est recherchée par les forces de l'ordre, cherchant à savoir s'il détient des informations sur le lieu où se trouve Jenny.*

*Pour l'heure, nous espérons voir cette jeune fille du village revenir sans incident.*

Le second papier est collé au précédent et en cache un troisième. Je ne prends pas la peine de les décoller, les rangeant au fond du portefeuille en cuir.

Il se met à pleuvoir. Comme en 2004, d'un petit crachouillis, juste embêtant pour les vêtements.

## GAZETTE DE WESTFIELD — N° 40 - 27 SEPTEMBRE 2004

*TRISTES NOUVELLES POUR LA FAMILLE MAINTORN*

*La disparition inquiétante de Jenny MAINTORN, fille de l'adjoint au maire MAINTORN, est toujours d'actualité. L'enquête se poursuit sans témoin ni piste. La famille cherche éperdument à retrouver ledit petit ami, prénommé Dean selon leur fille cadette, introuvable pour le moment. Il semblerait qu'il conduise un pick-up et qu'il ne soit pas originaire d'ici. Si vous avez un quelconque signalement, contactez la rédaction ou la police.*

## GAZETTE DE WESTFIELD — N° 41 - 04 OCTOBRE 2004

*L'ENQUÊTE SE POURSUIT.*

*La jeune fille disparue depuis deux semaines n'a pas été retrouvée. Une brigade cynophile est en cours de recherches dans un bois à l'extérieur de Westfield. Pour l'heure, il n'y a aucune nouvelle. La question n'a plus l'air d'être de retrouver Jenny MAINTORN en vie. L'équipe du journal envoie toute son affection et son courage à la famille. Si vous avez des informations, nous mettons à disposition une photo de la jeune fille pour faciliter la reconnaissance.*

En dessous de l'article, une jolie jeune femme, un grand sourire sur le visage, tend la main vers son photographe.

*Elle porte son gilet préféré,* pensé-je. Celui avec lequel elle est partie. Le journaliste et les parents n'ont jamais su que celui qui avait appuyé sur le déclencheur de l'appareilimmortalisant ce visage était aussi responsable de sa disparition.

Il y a tellement de choses que le monde ne sait pas.

Je dois en finir avec les mensonges qui me rongent.

## À SUIVRE

**Vous avez aimé votre lecture ?**
**Découvrez les autres romans des éditions So Romance**
**disponibles en format papier et numérique.**

**Mi-figue Mi-raison**
**Tome 1 : Quand la raison est plus forte**
Emilie est indépendante et forte. De parents divorcés, l'amour n'a pour elle qu'une consonance tendre et hasardeuse. La cigarette, l'alcool, la fête, le travail, la vie de femme libre... Tout ça est bien plus ancré dans sa réalité que n'importe quoi d'autre. Mais un jour Emilie rencontre Sam. Beau, ténébreux au possible, qui ne boit pas, ne fume pas et ne commet aucun excès sauf celui d'être exagérément séduisant. Leur rencontre va tout changer en Emilie. Et peut-être en Sam aussi... Car malgré l'attirance indéniable qu'ils ressentent l'un pour l'autre, cette relation s'avère perdue d'avance. Tiraillés entre leur passion et leur raison, ils passent alors un accord très particulier...

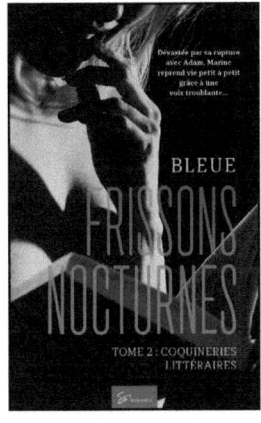

**Frissons nocturnes**
**Tome 2 : Coquineries littéraires**
Marine est dévastée. Après deux ans de relation, de partages intimes et de découvertes mutuelles, Adam lui a annoncé sans crier gare qu'il désirait tout arrêter. La jeune amoureuse des mots tombe des nues et sombre dans une profonde dépression. Quelques mois plus tard, une occasion inespérée se présente à elle : on lui propose de prêter sa voix pour des livres audio érotiques ! Lors d'une séance de lecture, elle partage le micro avec un acteur professionnel, qui la trouble profondément... Qui est-il ? Pourquoi la fait-il tant chavirer ? Pourrait-il l'aider à reprendre goût à la vie ?

## Le Souhait de Gwen
## Tome 1 : La Neige éternelle

Faire le deuil de sa meilleure amie, Gwen, découvrir que son petit-ami la trompe avec persévérance... Rien à dire, Victoria n'est pas gâtée pour ces fêtes de fin d'année! C'est donc sans remords qu'elle part à Samoens exaucer la dernière volonté de Gwen : grimper la montagne pour aller répandre ses cendres sur la neige éternelle. La tâche pourrait paraître difficile quand on n'est pas une grande sportive dans l'âme, mais que dire si, en plus, on est affublé d'un accompagnateur aussi mignon que grognon ? Noël n'a pas fini de nous surprendre!

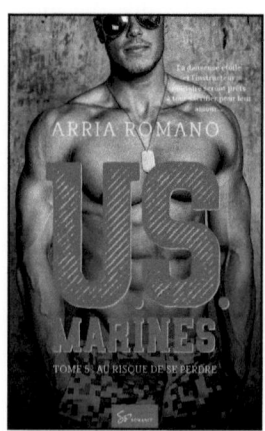

## U.S. Marines
## Tome 5 : Au risque de se perdre

Dès qu'Alexeï Lenkov aperçoit Xénia Protasova, danseuse étoile de la troupe Mariinsky, il tombe irrémédiablement sous son charme. À son plus grand bonheur, l'instructeur militaire des U.S. Marines se rend compte que cette attirance si forte est réciproque... Mais leur union est impossible. Xénia n'est autre que l'épouse de Dimitri Bondarev, un puissant homme d'affaires russes, et est surprotégé par son frère, Sergueï Protasov, ancien militaire du FSB, le service fédéral de la Fédération de Russie...

Pour en savoir plus
www.soromance.com

© Éditions So Romance, 2020 pour la présente édition

Éditions So Romance
159 avenue de la Couronne
1050, Bruxelles
www.soromance.com

D/2020/14.771/09
ISBN : 9782390451129

Maquette de couverture : Philippe Dieu
Photo : © Tverdolhib / iStock